MA FUGUE DANS LES ARBRES

MA FUGUE DANS LES ARBRES

Alexandre Chardin

Magnard Jeunesse

Illustration de couverture : Mariachiara Di Giorgio

5, allée de la 2e DB – CS 81529 – 75726 PARIS 15 Cedex

www.magnardjeunesse.fr

Achevé d'imprimer en mai 2019
sur les presses de la Nouvelle Imprimerie Laballery
58500 Clamecy
Dépôt légal : janvier 2019
N° d'impression : 905204
N° d'édition : 2019-0179

N° ISBN : 978-2-210-96619-2

Imprimé en France

La Nouvelle Imprimerie Laballery est titulaire de la marque Imprim'Vert®

Pour Charlotte

Vos rires, vos yeux pétillants de fillette,
vos encouragements dès les premières lignes
m'ont donné tellement de courage !
Celui que vous avez toujours eu.

On continue l'aventure !

« Notre père se pencha par la fenêtre :

— Quand tu seras fatigué de rester là, tu changeras d'idée ! cria-t-il.

— Je ne changerai jamais d'idée, répondit mon frère du haut de sa branche.

— Je te ferai voir, moi, quand tu descendras !

— Oui, mais moi je ne descendrai pas.

Et il tint parole. »

Italo Calvino, *Le Baron perché*, 1957.

La lumière de la lune éclaire sept tableaux du hall d'entrée. Mes ancêtres, qui me regardent sévèrement avec des mines à faire pâlir Dracula.

Le dernier portrait, au bas de l'escalier, est celui de mon père. Un peintre devait aussi faire le mien et celui de mon frère. Pour m'amadouer, il m'a fait des sourires de crabe en me caressant les cheveux et en me donnant du : « Mais quelle adorable petite princesse ! »

Quelques trous d'aiguille à coudre dans ses tubes de gouache plus tard, il me fixait d'un regard de crocodile, les doigts multicolores, en pensant très fort : « Odieuse petite vermine... »

Et il a décampé. J'ai préféré ça.

Papa s'est douté de quelque chose, bien sûr, mais mon frère n'a pas osé me trahir. Il redoute mes vengeances. Il faut dire qu'il m'arrive de laisser traîner, un peu exprès, des listes de tortures devant la porte de sa chambre...

Soudain, un chuchotement forcé, tombé du haut de l'escalier, me transforme en statue.

— Tine ! Qu'est-ce que tu fiches ? dit mon frère, en me voyant me diriger vers la porte menant au jardin.

— Tu le sais très bien, ce que je fiche !

Il me rejoint en marchant sur le bord des marches pour éviter qu'elles grincent. Lui aussi est pieds nus. Il a des cernes sombres sous les yeux, les traits tirés.

— Il fait nuit noire… Et Nours sera furieux ! Ça va lui faire mal au cœur, le pauvre…

Certains ont une nounou, nous, on a *un* nounou. Comme il s'appelle Pierre Chanours, petite, je l'ai appelé Nounours. Et mon frère l'a renommé Nours dès qu'il a su parler.

— Écoute, Sylvain, on en a déjà parlé. On l'adore, Nours, mais les légumes qu'il nous fait avaler, c'est vraiment plus possible ! Il y a bien d'autres choses à manger que les légumes, quand même, non ?

— On n'en mange pas tant que ça…

Je soupire.

— Tu le défends pour pas m'aider.

Je descends quelques marches et ajoute, sans me retourner :

— T'es pas obligé de venir avec moi, hein ! C'est juste qu'hier soir, tu as dit…

— Je sais, merci, coupe-t-il sèchement. J'ai une excellente mémoire.

En quelques pas, il est de nouveau à côté de moi.

— T'y vas quand même pas pieds nus ?

— Tu peux mettre des bottes, si t'as peur des araignées, des tiques, des souris, des couleuvres, des limaces, des lézards…

— J'ai pas peur des lézards !

Les poings serrés, il se dresse sur la pointe des pieds pour gagner les quelques centimètres et l'année qui nous séparent.

Mon frère est en CM2, moi en sixième. Je ne manque pas de le lui faire sentir. Ne jamais perdre l'avantage ! Mon père a refusé que Sylvain saute une classe et me rejoigne en CM1. Il n'a pas refusé parce que mon frère était immature ni parce qu'il doutait de ses capacités, mais parce qu'il ne doutait pas de mon potentiel à rendre la vie impossible à Sylvain.

Je traverse le hall en profitant de la fraîcheur des grandes dalles de pierre. Au milieu du salon, le piano est une grande chose noire.

Combien ai-je passé d'heures sur le petit banc rouge sous les yeux attentifs de Nours ? Bras croisés, yeux fixés au loin, il tendait un doigt en l'air à la moindre fausse note.

La seule chose que j'aimais dans cette heure quotidienne de piano imposée par mon père, c'était les yeux brillants de Nours qui se forçait à garder son sérieux quand mes doigts inventaient des sons à faire grimacer un sourd. Les pointes de sa fine moustache remontées aux extrémités tremblaient sur un rire contenu. Il finissait par dire tout bas :

— Bon, on va arrêter de faire du mal à Chopin, le pauvre vieux vient de faire trente galipettes dans sa tombe, et m'est avis qu'il n'est plus très souple, à son âge… Allez, tu feras mieux demain.

Je n'ai jamais progressé. « Manque d'inspiration », disait Nours en haussant les épaules.

La grande pendule de la cuisine indique trois heures vingt. Mon frère se tord les doigts.

— On les prend comment, les limaces ? Pas avec les mains ? C'est dégueu ! Et en plus, il paraît que ça donne des boutons avec des cloques, qu'après on est stérile et que certaines sont des mortelles qui tuent lentement. J'ai lu qu'elles provoquaient des insuffisances respiratoires et…

Je hausse les épaules et sors sans répondre.

La masse noire de la forêt entoure notre grand jardin vide. Aucun arbre n'oserait mettre la plus petite racine sur cet immense terrain à découvert. Papa veille ! La moindre feuille est ramassée avec des gants et broyée.

Cassés en deux, on contourne la maison jusqu'au potager.

Ce potager, c'est le domaine de Nours. Son « petit paradis », comme il dit…

Notre enfer, oui !

Carottes, navets, salades, courgettes, tomates, concombres, radis et autres poisons poussent sous son regard amoureux et nos yeux horrifiés. Combien de fois nous a-t-il fait sursauter, en hurlant qu'un puceron avait attaqué ses tomates ?

Je cours jusqu'au compost, mon frère sur mes talons. Pourquoi le compost ? Parce que c'est le pays des limaces. Il y en a une vraie collection : des grosses rouges, des petites noires, des grises zébrées… Et les chemins de bave brillante qui vont avec ! Parfois, je me dis qu'elles essayent d'imiter les traces des avions dans le ciel.

Nours a passé un contrat avec elles : il les nourrit dans le compost, mais qu'une seule mette un gramme de salive dans le potager et c'est la mort par noyade ! Elles respectent le contrat.

Sylvain secoue la tête, les doigts tordus-mélangés :

— Nours va être fou ! Oh là là, il va nous…

J'attrape son épaule ; il sursaute.

— Et moi, si je revois un morceau de courgette dans mon assiette, je fugue en Amazonie !

— En Amazonie ? T'es folle ! Y a des araignées, des serpents, des scolopendres géants qui…

— Au moins, y a pas de carottes, en Amazonie.

Mon frère hait les carottes. Je lui désigne les limaces et dis avec le calme du psychopathe qui vient de décimer toute une ville :

— Sylvain, ces bestioles ne demandent qu'à mettre fin à notre calvaire.

— Mais comment veux-tu qu'une limace bouffe une courgette de trois kilos en quelques heures ?

Je me retiens d'exploser.

— Réfléchis un peu, crâne de navet ! Mets trente limaces sur chacune de ces horreurs vertes et *adios courgetos* !

J'ajoute aussitôt, glaciale :

— Allez. Ouvre les mains.

Tout son corps se crispe.

— Trente... limaces ? Avec... les doigts ? Oh... noooooon !

Il secoue la tête, les yeux plus gros que des balles de tennis.

— Tu préfères dans la bouche ?

Il ferme les yeux et tend ses mains tremblantes, où je pose une dizaine de grosses limaces rouges. Pour commencer.

Mon frère ne respire plus. Tout son corps frissonne. Il gémit.

Je lui ordonne :

— Fonce ! Tu t'occupes des courgettes, je gère les carottes.

Il trottine en vacillant sur ses jambes molles et souffle, le nez vers ses paumes :

— Si l'une d'entre vous fait caca sur ma main… !

PREMIÈRE PARTIE

Colère

— Alors là ! Non mais alors là ! Je vais les... Ils vont voir ce qu'ils vont voir, ces petits saligauds !

J'ouvre les yeux. Il fait jour. Les hurlements viennent de sous ma fenêtre.

Bruits de pas précipités dans la cuisine, dans le salon, dans l'escalier.

— Comment ont-ils oséééé ? Oh les cochons ! Les cochons de cochons !

Je respire profondément, me prépare à l'assaut. Ma porte s'ouvre à la volée. Nours, moustache en bataille, cheveux en mousse noire aplatis du côté où il a dormi, me fixe de son regard d'écureuil furibond.

— C'est vouuus ! crie Nours, en me désignant d'un doigt tremblotant.

Je bâille et lui souris aimablement.

— Bonjour, Nours, qu'est-ce qui t'arrive ? Mal dormi ?

Le contour de ses yeux, puis ses joues deviennent écarlates. Il faudra que je comprenne comment il fait ça, un jour. Ses oreilles prennent feu à leur tour. La colère fait osciller sa tête.

— Albertine... !

Aïe ! Nours ne m'appelle par mon prénom complet qu'en présence de papa. On passe directement à la colère stade 3.

— Oui, *Pierre* ?

— C'est vous ! Vooooooouuuuuuus !

— Albertine ? Oui, c'est moi. Mais on se tutoie, normalement ! Un souci de mémoire, Nours ? Un peu de fatigue, peut-être ?

Il secoue la tête, nez retroussé. Stade 4.

— Non, les limaces !

— Les limaces s'appellent Albertine ?

Il tape plusieurs fois du pied, fulmine intérieurement. Je travaille mon regard « Je-ne-vois-pas-du-tout-du-tout-de-quoi-tu-parles », sans me départir de mon sourire.

Il traverse ma chambre en trottant sur ses jambes courtes et dodues, ouvre la fenêtre, tend le bras et dit :

— Là !

Puis il me fixe.

— Plus une carotte ! Des trous partout à la place ! Ce ne sont pas des mulots, j'ai vérifié : pas de galeries !

Il se recroqueville et imite à la perfection un rongeur, regard mauvais, en train de gratter quelque chose de ses pattes griffues. Et la voix qui va avec :

— Non, des mains ! Des mains de cochons de cochons ! C'est un saccage manigancé, planifié.

— Les cochons n'ont pas de mains, Nours, dis-je en bâillant.

Il montre autre chose dans le potager :

— Et les courgettes, hein ? Anéanties, elles aussi ! Englouties, dévorées ! Un meurtre, une hécatombe, une… une boucherie !

Je prends un air navré, me redresse et demande avec le plus grand sérieux et un ton à la Sherlock Holmes :

— Qui, Nours ? Qui a tué les courgettes ? Il faut trouver le coupable, l'affaire est grave.

Il se tourne lentement vers moi. Je ne l'ai jamais vu aussi écarlate. Ses tomates en seraient jalouses. Stade maximal atteint.

— Ah, ne me prends pas pour une nouille, hein ! C'est ton frère et toi qui avez fait le coup !

Je secoue tranquillement un doigt. Il hoche furieusement la tête.

— Oh que si ! Vous détestez les légumes !

Je m'insurge :

— Faux. On les mange.

— Seulement si je vous menace de ne pas vous lire d'histoire pendant deux mois. Qui d'autre aurait pu organiser un carnage pareil ?

— Eh bien, les limaces, tu l'as dit toi-même !

— Les limaces sont loyales, elles ! Ce sont des limaces honnêtes qui se transmettent les clauses du contrat de génération en génération...

Il remarque mon sourire.

— Ah, ne te moque pas, hein !

Je glisse d'une voix offusquée :

— Une limace m'aurait-elle *dénoncée* ?

Il tape trois fois du pied en contemplant les lignes où les carottes ont disparu. Puis il rejoint la porte en parlant en mitraillette :

— Vous êtes lamentables ! Je vous nourris d'aliments sains et vous me faites... *ça* !

Il tend le bras en l'air :

— Mais par mes moustaches, ce crime ne restera pas impuni !

— Tu as raison, Nours, il faut faire avouer les limaces. On ne le dira jamais assez, la limace est un loup pour les courgettes.

Il me lance un regard fou et ferme la porte. Il la rouvre immédiatement. Je suis déjà debout en train de mettre une chaussette.

— Tu ne sors pas de cette chambre ! me lance-t-il, doigt tendu.

— J'ai envie d'aller aux toilettes. C'est interdit ?

Nours claque la porte. Il me faut moins de dix secondes pour enfiler une robe.

Comme je m'en doutais, Nours est déjà dans la chambre de mon frère. Je m'approche en catimini et me place derrière Nours en retenant mon souffle.

Sylvain, les draps remontés jusqu'au nez, les yeux enflés de larmes, secoue désespérément la tête. Il se fige en me voyant. J'ouvre la bouche et pointe ma langue. « Parle et je te la coupe. »

Mon frère cligne des yeux. Il a compris. Voilà bien la seule qualité que je lui trouve : sa merveilleuse capacité à imaginer ce qui pourrait lui arriver de pire s'il me trahissait.

Nours a-t-il senti ma présence ? A-t-il suivi le regard de Sylvain ? Il se retourne brusquement. Je lui souris aimablement.

— Je vais aux toilettes. Je passais simplement saluer mon frère chéri.

Le souffle de la porte claquée devant mon nez me décoiffe ou, plutôt, me coiffe. Je retourne dans ma chambre, satisfaite, rassurée.

La vengeance de Nours ne tarde pas. Elle est de taille, mais c'était le prix à payer : un bouillon d'épinards (du supermarché) et des tartines de betterave rouge (sous vide) au petit-déjeuner.

J'avale le tout sans respirer et lance d'un ton joyeux, la nausée toute proche :

— Merci, Nours, c'était exquis !

— Tu me dois au moins ça ! chuchote Sylvain de l'autre côté de ma porte. J'ai rien dit alors que c'était ton idée.

J'entrouvre la porte et lui tends le troisième tome des *Corneilles rouges*. Son visage s'éclaire. Il regarde le tome de sa série préférée, que j'emprunte comme monnaie d'échange au CDI du collège, et lâche très vite :

— Topissime !

— Je te le donne par bonté, pas parce que j'ai peur que tu me trahisses. Mais si tu me dénonçais…

Il file dans sa chambre avec son trésor. Sa porte ne fait pas de bruit en se fermant. Sûr qu'il lira la moitié avant de penser à s'asseoir sur son lit.

À midi, Nours m'apporte une soupe de salsifis. Ses yeux se sont chargés d'une lueur de tristesse.

— Avoue que c'est abominable, quand même.

— Quoi, la soupe de salsifis ? Oh, pas tant que ça. Elle pourrait être à la courgette.

Sa moustache, parfaitement lissée aux pointes, se tend imperceptiblement. Je glisse :

— Les limaces ont-elles craqué ?

Il sort en claquant la porte. Je me précipite à la fenêtre et jette la soupe à la volée.

* * *

Nours passe sa colère en tondant. Mais il ne peut pas s'empêcher de lancer régulièrement des regards vers ma fenêtre où je reste immobile, un parfait masque de désespoir sur le visage.

Il craque au goûter et lève la punition. La devise de Nours nous sauve : « Ne jamais rester un jour complet sans sortir. »

Du lundi au jeudi, quand papa n'est pas là, Nours laisse l'herbe pousser. Le vendredi matin, il trace un chemin à la tondeuse en changeant chaque semaine de parcours, place une ligne de départ, une d'arrivée, des obstacles, et nous chronomètre avec le plus grand sérieux. Là, il devient coach. Mon frère déteste courir, mais Nours tient à ce que nous ayons « un esprit sain dans un corps sain ».

L'imagination craintive de Sylvain lui a inspiré un nom pour chaque obstacle. Il faut ainsi passer sur la planche-qui-domine-le-bassin-des-crocodiles, slalomer entre les cobras dressés, bondir par-dessus des haies-qui-sont-des-lions-endormis et ramper au plus vite sous des arceaux pour éviter les flammes-des-dragons-noirs-qui-grillent-les-fesses.

Devant la ligne de départ, Nours me demande :

— Qu'est-ce qu'il y a ? Pourquoi tu fais la tête ?

— Sylvain est avantagé ! On court moins vite avec une robe.

Il lève les yeux au ciel.

— Tine, ton père est inflexible là-dessus ! Sa fille ne peut porter de pantalon, tu ferais mieux de laisser tomber.

— Dans ce cas, que mon frère en porte une lui aussi, et on sera à égalité !

Sylvain me regarde avec incrédulité.

— C'est de l'humour ?

Nours soupire.

— Tu commences, Tine. À vos marques ?

Mon besoin de courir est trop fort. Je place un genou à terre. Les doigts devant la ligne de départ matérialisée par une cordelette blanche parfaitement tendue au sol.

— Prête… ?

— Prête.

— Partez !

Faute de pouvoir grimper dans les arbres, ce que je préfère, c'est courir.

Le professeur d'EPS a eu beau lui parler de mes capacités sportives *hors du commun*, mon père a dit non à l'escalade, au foot et aux arts martiaux.

On m'a interdit de revenir au poney-club pour avoir mordu l'oreille d'un poney stupide nommé Césarus. Il m'avait croqué la cuisse parce que j'essayais de me tenir debout sur son dos. Puis la prof de *team-gym* a rapporté à mon père que j'avais presque réussi à me rompre le cou en courant sur la poutre et qu'elle avait failli faire une crise cardiaque quand j'avais grimpé en haut de la corde, sans tapis en dessous. Pour la danse, il n'a fallu que deux séances pour que la prof me déclare « aussi gracieuse et butée qu'un rhinocéros ».

Du coup, quand Nours a proposé à mon père de nous faire faire de l'exercice physique pendant son absence, il a attendu deux jours pour donner sa réponse. Par principe mais, à vrai dire, il était si soulagé de ne plus avoir droit aux regards hostiles des entraîneurs qu'il a évité de demander en quoi consistaient les *activités* de Nours.

Papa est un homme d'affaires très occupé. Avion, train, taxi, bateau, il voyage beaucoup et ne revient que le week-end. Et, parfois, il nous téléphone pour nous prévenir qu'il ne rentrera pas non plus le week-end. C'est un homme pressé, fatigué, absent.

Heureusement, il y a Nours. Les histoires de Nours le soir, le bisou de Nours avant de dormir. Et puis, ses sourires, ses murmures rassurants à chaque fois qu'on en a besoin : « Allons, un treize sur vingt en maths, ce n'est pas catastrophique. »

Je passe la ligne d'arrivée, et Nours ne peut s'empêcher de crier en levant les bras :

— Quarante-huit secondes et vingt-quatre centièmes pour mademoiselle Tine de Furetière ! Le record est pulvériséééééé !

On se tape dans les mains et je serre Nours très fort contre moi.

Le parfum de Nours. Les encouragements de Nours. Le sourire doux et les moustaches de Nours. D'aussi loin que je me souvienne, il est celui qui nous rassure et nous aime. Celui qui guérit les grippes et les chagrins. Toujours.

— À moi ! dit Sylvain, déjà en position sur la ligne.

Nours reprend son sérieux et donne le départ.

Sylvain tombe trois fois de la planche-qui-domine-le-bassin-des-crocodiles, prend un cobra dressé dans l'oreille et trébuche sur les haies-qui-sont-des-lions-endormis.

— Combien ? demande-t-il, les genoux verts, la joue boueuse, en passant la ligne d'arrivée à quatre pattes, hors d'haleine.

— T'es mort seize fois, dis-je avec un sourire de piranha.

Nours me lance un regard sévère.

— Tu as été un poil moins rapide que Tine, répondit-il à un Sylvain consterné.

— Combien ? insiste-t-il d'une voix furieuse.

— Dans les trois ou quatre minutes, je ne sais plus, je me suis trompé de bouton.

— On refait ! gronde Sylvain.

J'améliore encore mon temps aux deux passages suivants. Sylvain rentre en boudant après avoir emporté quatre arceaux qui le protégeaient des flammes-des-dragons-noirs-qui-grillent-les-fesses.

— Bon, c'est pas tout, mais il faut que je ramasse les feuilles et que je tonde le reste du jardin, dit Nours en soupirant. Votre père rentre dans une petite heure.

Je pose ma main sur son bras.

— Imagine un parcours d'obstacles dans les bois, dis-je en regardant vers la forêt, on pourrait…

— Stoooop ! Je t'arrête tout de suite, tu te fais du mal pour rien.

— Papa n'en saurait rien…

Nours regarde autour de lui comme si mon père était caché quelque part.

— Pourquoi tu es si têtue, Tine ? Pourquoi tu t'obstines alors que tu sais que c'est impossible ?

Mes lèvres tremblent, mais ma voix est ferme :

— Mais quoi ? Qu'est-ce qu'il y a, à la fin, avec ces arbres ? On n'a même pas le droit de les regarder !

Je désigne notre jardin.

— Avoue que c'est n'importe quoi de laisser un si grand jardin sans l'ombre d'un arbre ! À quoi ça sert ?

Nours me prend par les épaules et plonge ses yeux dans les miens :

— Pourquoi tu reviens sans cesse au même sujet ? Ça fait au moins mille f…

— Parce que je déteste qu'on m'interdise quelque chose sans m'en donner la raison.

Il soupire.

— Tu es injuste. Tu as beaucoup de liberté, ici.

— Comme porter les vêtements que je veux ?

Il ne peut s'empêcher de laisser monter un sourire.

— Allez, laisse-moi tondre la pelouse, maintenant, cabocharde. Va te rafraîchir et change de robe, je m'occuperai des taches d'herbe sur celle-ci.

— Si j'avais mis un pantalon…

— File, petit bison !

En fin d'après-midi, le téléphone sonne.

Sylvain décroche, hoche plusieurs fois la tête, raccroche et déclare d'un air grave, imitant sans le vouloir la solennité de notre père :

— Il ne faut pas attendre papa pour dîner. Le train a du retard.

Dans la soirée, nouvel appel. Cette fois, je devance mon frère et décroche le combiné.

— Bonsoir, papa, où es-tu ?

— Bonsoir, Albertine. Couchez-vous, Sylvain et toi, nous nous verrons au petit-déjeuner. Que Nours me prépare un simple bouillon.

— Très bien.

— Albertine ?

— Oui ?

— Était-ce une belle semaine, ma fille ?

Pourquoi les larmes me viennent-elles aux yeux ?

— Excellente, papa. Reviens vite.

— Je fais au mieux.

Je fuis le regard de Nours après avoir raccroché. Une partie de ma tristesse s'effiloche devant une grosse part de son gâteau chocolat-framboise.

Mais, plus tard, dans mon lit, j'ai envie de hurler mon impatience aux étoiles qui traversent si lentement le rectangle de ma fenêtre. Quand arrivera-t-il ?

La lueur de la lune s'approche. Mon cœur s'emballe. Je souris au son du pas léger dans l'escalier, aux quelques secondes qu'il faut à mon père pour calmer son propre cœur. Il reprend son souffle pour ne pas nous réveiller. Pourtant, nous le savons tous les trois, ni Sylvain ni moi ne dormons. La poignée s'abaisse, j'entrouvre les yeux. La grande silhouette raide de mon père passe la porte. Fermez les paupières !

Sa respiration au-dessus de moi. Il m'observe. À quoi pense-t-il, si longtemps penché sur moi ? Un frisson parcourt mon dos, des fourmis me chatouillent les doigts. Je meurs d'envie d'ouvrir les yeux. Est-ce qu'il va se décider ?

Enfin, ses lèvres, comme un souffle d'oiseau, se posent sur mon front et je lutte, comme à chaque fois, pour ne pas jeter mes bras autour de son cou.

Quand j'ouvre à nouveau les yeux, la lune verse sa lumière par la fenêtre. Mon père n'est plus là. J'ai du mal à me rendormir en sachant qu'il est dans la maison.

Je descends discrètement et reste assise sur la dernière marche de l'escalier pour écouter la conversation entre Nours et mon père, dont la voix est lasse.

— … beaucoup de rendez-vous. J'aurais aimé être là à temps pour voir les petits.

— Tu leur as manqué.

Mon père met un moment avant de répondre d'une voix blanche :

— Je fais au mieux.

— Ils ne te reprochent rien, Charles.

Le silence de mon père me fait mal.

— Comment Albertine s'est-elle comportée, cette semaine ?

— Très bien. Quelques petites chicaneries avec Sylvain, mais pas de quoi les envoyer au cachot.

— As-tu eu à les punir ?

Je retiens ma respiration.

— Oh non, penses-tu ! répond Nours, d'une voix souriante. Tu connais ta fille… J'ai eu droit à quelques charges de tricératops, mais c'est important aujourd'hui d'avoir du caractère et de savoir assumer son point de vue.

— Tu la défends toujours…

— Et pour toujours.

Merci mon doux Nours !

— Et côté résultats scolaires ?

— Excellents. Sylvain a été furieux de n'avoir qu'un dix-neuf sur vingt pour un travail d'invention en français. Son professeur lui a enlevé un point à cause de son écriture.

— Il est vrai qu'il est terriblement brouillon, s'agace mon père. Il faudrait qu'il songe enfin à...

— J'ai lu son travail, le coupe Nours, c'est brillant. Quelle imagination ! Il deviendra romancier, ce petit.

Romancier ? N'importe quoi ! Mon frère a une écriture de suricate malade des nerfs. Même un médecin n'arriverait pas à le lire !

Ensuite, comme la conversation tourne à l'organisation de la semaine à venir et que mes paupières insistent pour fermer la boutique, je file me coucher.

* * *

Au matin, j'entre dans la cuisine en courant. Le dos très droit, chemise impeccable, cheveux grisonnants parfaitement coiffés, mon père sourit avec les yeux, mais le reste de son visage garde cet air strict qu'il ne perd jamais.

Nours fait frire du bacon et des œufs. Sylvain me regarde avec défi. Il a eu sa victoire : avoir papa pour lui tout seul pendant quelques minutes avant que je me sois levée.

Je m'assieds en face de mon père.

— Tu es rayonnante, Albertine.

Sa voix est grave, profonde, calme. Quand je ne l'ai pas entendue depuis plusieurs jours, je me dis que c'est la plus belle voix du monde.

Les premiers mots sont toujours difficiles avec lui. Il faut des regards pour nous retrouver, du temps aussi.

Nours me sert des œufs brouillés et une tranche de bacon. J'aimerais bien le remercier pour ce qu'il a dit hier soir, bien que me comparer à un tricératops… Mais bref, de toute façon, ce serait avouer mon espionnage.

— Une tartine de betterave, Albertine ?

Mon père le dévisage avec perplexité.

— Quelle idée fantasque, Pierre !

Mon frère ne lève pas le nez de son assiette.

— Comme de manigancer un assassinat de carottes ! dit Nours, dos tourné.

— Explique-toi, Pierre. Tes propos sont bien énigmatiques.

— Justement, je n'ai toujours pas réussi à trouver l'infâme coupable qui a fomenté le meurtre de toutes les carottes du potager.

— Comment ? Quel dommage ! Je me réjouissais d'une purée de ces délicieux légumes.

Le nez de mon frère se rapproche dangereusement de ses œufs. A-t-il décidé de les avaler par les narines ?

Je souris aimablement à mon père, qui me fixe sans un mot.

Ses silences ne ressemblent à aucun autre. Ils pèsent, s'étirent. On dirait de grands fauves patients qui regardent leur proie, sans douter qu'elle finisse entre leurs crocs. Mais je ne suis pas une gazelle. Ses yeux se reportent aussitôt sur mon frère, qui plonge cette fois brutalement le visage dans son assiette.

— Mais enfin, Sylvain !

Mon père se soulève, très raide, mais reste les bras ballants. Nours se précipite et lève la tête de mon frère. Il dort, la joue dans le jaune d'œuf !

Mon père regarde Nours, incrédule.

— Il… dort ?

— La culpabilité peut parfois être à l'origine d'insomnies.

Il tourne son regard vers moi et ajoute, l'œil noir :

— Enfin, pas chez tout le monde.

* * *

Plus tard, je fais le tour du jardin avec mon père. Nous longeons la barrière. Il pousse parfois une feuille du bout du pied hors de la pelouse, avec un air de dégoût. Ma main frôle la sienne. J'ai ma revanche sur Sylvain : papa pour moi toute seule !

Au milieu du jardin, je surprends son regard sur la forêt. Ses yeux deviennent sombres et durs, ses lèvres s'affinent. Comme il s'aperçoit que je l'observe, il demande d'un air détaché :

— Albertine, as-tu quelque chose à voir avec la destruction des carottes et des courgettes de Pierre ?

Je reste sans rien dire.

— Je te prie de me répondre.

— Oui, c'est moi. Sylvain n'y est pour rien.

— Pourquoi as-tu fait une chose pareille ? demande-t-il d'une voix de pierre grise.

— Tu le sais, non ?

— Eh bien, éclaire-moi.

Des tics crispent mes paupières, mais les mots sont là, ils veulent sortir.

— Tu n'es quand même pas assez absent pour savoir que je déteste les courgettes et les carottes ?

Il accuse le coup. Nous poursuivons notre marche dans un silence hostile. Puis je prends mon courage à deux mains et lui lance :

— La semaine prochaine, ce sera mon anniversaire. Tu n'as pas oublié ?

Son front se barre de longues rides.

— Non, bien sûr. As-tu envie d'un cadeau particulier ?

Je ne quitte pas des yeux le mur dense et sombre de la forêt et réponds le plus naturellement possible :

— J'aimerais une balançoire.

Il se raidit. Je le dépasse. Dans mon dos, sa voix est glaciale :

— Une balançoire suspendue à un portique, je suppose ? Eh bien, laisse-moi la journée pour y réfléchir, et…

Je me retourne. Rien ne bouge autour de nous. Je me tiens parfaitement droite. Je garde les mots de foudre un instant encore dans ma bouche, mais le tonnerre bourdonne déjà dans mes oreilles.

— Non, non, je parle d'une vraie balançoire. Une balançoire suspendue à une branche d'arbre.

Il suit mon regard et plisse les yeux de colère en examinant le puissant bras qu'un chêne passe, très haut, par-dessus le grillage. Ses poings se serrent. Il pense à une hache, à une tronçonneuse.

Je lui tourne le dos et rejoins la maison en me retenant de courir. Son regard me brûle le dos. J'essuie des larmes de colère. Ma rage est double. Envers lui. Envers moi. Qu'y a-t-il de si terrible à demander une balançoire accrochée à un arbre ? Pourquoi l'envie de rejoindre la forêt est-elle si forte en moi ?

Mon père ne cédera pas.

Moi non plus !

Sept heures quarante-sept. Nours se gare devant le collège et m'ouvre la portière. Nours est ponctuel. À sept heures trente-deux, il a déposé Sylvain devant son école.

— À plutz, trouilleux.

Au moment où Nours allait me sermonner, mon frère m'a lancé :

— T'as triché à la course. Nours a pas dit le temps parce que c'est moi qu'ai gagné.

Nours lui a lancé un regard fatigué :

— Ah non ! Ne me mêlez pas à vos disputes. Allez, hop, suffit, les monstres ! À ce soir, Sylvain.

Plus tard, Nours me met le sac sur les épaules.

— À tout à l'heure.

Il me retient.

— Tine, qu'est-ce qu'il y a eu avec ton père ? Vous vous êtes fâchés ?

— Il t'a expliqué pourquoi ?

— Non.

— Je lui ai demandé une balançoire pour mon anniversaire, une balançoire accrochée à la branche d'un arbre. Pas de sauter en parachute, de traverser l'océan avec une bouée canard ou de plonger au milieu des requins, juste une balançoire !

Il me regarde avec un petit sourire triste, les moustaches piquent vers le bas.

— À la branche d'un *arbre* ! Tu ne pouvais pas te retenir, petit bison ?

— Non !

Nours recule face à la colère soudain montée à mes yeux et à mes lèvres. La violence de la lave rouge qui me creuse me surprend moi-même.

— J'en ai ras le bol de faire comme si tout allait bien !

Les têtes se tournent vers nous.

— J'en ai assez, Nours ! Assez de notre pauvre jardin vide ! Pourquoi papa regarde la forêt comme si un monstre allait en sortir ? Le mot *arbre* est le pire gros mot ! On n'a pas le droit d'aller dans la forêt. Et pas le droit de poser de questions ! La dernière fois qu'on s'est promenés avec lui, Sylvain s'est hissé sur une branche d'arbre, tu t'en souviens ?

Il soupire et acquiesce.

— Alors tu te souviens aussi qu'il a été puni toute une journée dans sa chambre alors qu'il était à peine monté à un mètre du sol ! C'est pas débile, ça ? Et quand j'ai demandé si c'était si grave que ça, tu as vu le regard de papa ? J'ai cru que...

— Tine, tu noircis quand même beaucoup le tableau.

— Et c'est pas tout ! Il ne nous embrasse que la nuit, à la sauvette, comme si notre peau le brûlait. Et je sais que si j'ouvrais les yeux, si je le prenais dans mes bras, il fuirait et ne viendrait plus jamais. Tu vas quand même pas me dire que c'est normal, non ? Tous les papas font ça ?

Je grelotte comme si j'étais vêtue d'une robe de givre, quand on me prend la main. Camille me sourit.

— Salut, Tine. Tu viens ? On va être en retard.

Je m'éloigne en lançant à Nours :

— Je veux des réponses, et j'en aurai !

Mon cœur bat vite. Je jette un œil au pantalon de Camille.

— Grouille ! dit-elle dans un souffle.

On fonce aux toilettes. Toutes les deux serrées, silencieuses, efficaces. On connaît les gestes. Moins de deux minutes plus tard, Camille sort habillée avec ma robe, moi avec son pantalon et son haut *Rock'n'roll, Baby !*

Mon cœur est calmé. J'embrasse Camille.

— T'es super belle dans cette robe !

— Elle vient d'où, celle-là ?

— D'Afghanistan.

— Ouah ! Ton père est allé là-bas ?

— Plusieurs fois, oui.

— Il est cool, ton père.

— Ah ça non, il n'est pas cool du tout, du tout, du tout, mon père ! C'est pas le genre Yoda.

Camille attend que je poursuive. Mais mon silence puis la sonnerie l'empêchent de me poser d'autres questions.

— Cinq minutes avant la fin des cours, comme d'hab ? dis-je en lui tapant dans la main.

— Yes. À tout à l'heure.

— Pas de tache, hein ? Nours ferait toute une scène.

Elle me fait un clin d'œil et file rejoindre sa classe. Je regarde ma robe voler derrière elle. Camille est ma meilleure copine. On se connaît depuis longtemps. En primaire, c'était compliqué d'échanger nos vêtements, mais au collège, on a mis au point notre stratagème au début de l'année. Jusqu'à maintenant, ça a marché au poil ! Camille adore les robes que m'achète papa et j'adoooooooore porter ses jeans. Quand papa revient avec une robe, je ne souris pas parce que je la trouve belle, mais je me réjouis du plaisir que je lirai sur le visage de mon amie. Le matin, on se téléphone en cachette pour qu'elle me dise la robe qu'elle aimerait porter et l'accorder à son vernis à ongles.

Parfois, on échange même nos chaussures, parce que les grosses baskets avec une robe, carrément pire que bof…

Inutile de dire que mon père et Nours ne savent rien de nos magouilles. Et comme mon frère est encore dans sa petite école jusqu'à la fin de l'année, j'ai quelques mois de liberté devant moi.

Le hic, c'est que Camille est gourmande et mange comme un orang-outang. Elle trouve toujours moyen de me rendre la robe avec une tache de fruit ou de chocolat. Quand Nours me cherche devant la grille du collège après avoir récupéré Sylvain, ça ne rate pas. Même si la tache est plus petite qu'une coccinelle et que je la cache dans les plis, sourcils froncés, il hoche la tête et dit en démarrant :

— Bravo, tu as encore mangé de l'aurochs au fond d'une grotte, Tine ? Tu sais que le monde moderne a inventé les fourchettes et les couteaux ?

Je fais profil bas, inutile de prendre le moindre risque. D'autant que Sylvain nous observe avec des yeux de furet.

Récréation de quinze heures. Assise sur un banc entre Camille et Léopold, qui est très amoureux d'elle mais ne l'avouera jamais, même si on lui arrachait les cils un par un, je profite des premières douceurs du printemps.

Pourquoi mon regard est-il toujours attiré par les trois débiles de cinquième ? Leur chef, Mika, me jette une œillade sous sa coupe je-me-suis-coiffé-avec-une-bombe-nucléaire-mais-j'aime-trop-mon-style-je-suis-beau-yeah. Comme il frime avec son sourire de dragueur des bacs à sable et sa veste d'aviateur de manège !

Je lève le menton et plisse les paupières.

— Et toi, Tine, tu trouves ça comment, les yoyos ? demande Camille.

— Les yoyos ?

— Ben ouais, je sais pas combien de copains en ont un. Y en a des super beaux en bois. Des bijoux ! Y a des démos folles sur Youblub, mais j'trouve ça quand même bébé, non ?

Je hausse les épaules.

— Sans avis.

— Perso, dit Léopold, j'aime bien ceux avec les lumières genre stroboscope.

Tout à coup, mes neurones bloquent.

Alerte noire ! Trop tard ! La catastrophe trotte vers moi. Maintenant trop proche pour que je puisse fuir.

Camille suit mon regard et m'arrache le mot de la bouche :

— Merde !

— Oh, bordel ! lâche Léo. Mais… qu'est-ce qu'il fout là, ton frangin ?

D'abord, Sylvain ne voit rien. Pris par son élan, il regarde ma robe sur Camille, puis moi dans le jean de Camille. L'équivalent d'une centaine de néons s'allume dans son cerveau à l'affût. Il s'approche, tout sourires. Je suis cuite. Morte. Bousillée. Mourir un lundi, c'est nul quand même !

Devant le banc, rayonnant, il met les mains sur ses hanches et ouvre la bouche que je m'empresse de couvrir avec ma main. Je murmure très vite à son oreille :

— Tu dis ça à papa et je te fais avaler toutes les limaces, les araignées et les cloportes du jardin ! Pigé ?

Un instant, sans doute celui qu'il lui faut pour imaginer ce qu'il pourrait obtenir en échange de son silence, il ne bouge pas, ne répond rien. Puis il retire ma main, s'éloigne d'un pas, me regarde de haut en bas et me dit avec le plus grand sérieux :

— Ça te va bien.

Camille et Léopold s'éloignent en nous regardant pardessus l'épaule. Je m'assieds, tête basse :

— Tu le diras à papa ?

Il sourit et dit en détachant chaque mot pour goûter la saveur de ce que je ne pourrai pas lui refuser :

— Je veux toute la série des *Corneilles rouges.* Les douze volumes. Et tout ce que l'auteur publiera ensuite.

— Et tu ne diras rien ?

— Non. Promis.

Il s'assied à côté de moi en se frottant les mains.

— Quelle belle journée ! Alors là, si j'avais su…

— Pourquoi tu es venu ?

— Je suis en mission. Madame Plantin m'a envoyé chercher trois exemplaires de *L'Œil du loup* au CDI parce qu'on n'en avait pas assez. Et comme elle sait que ma sœur est au collège…

— Tu es tout seul ?

— Non, avec Guillaume. Il est monté tout de suite au CDI. J'espérais te trouver dans la cour.

— Bingo.

On reste un moment côte à côte. Contrairement à ce que j'avais imaginé, personne ne fait attention à nous, personne ne tend le doigt vers moi en disant : « La honte ! Elle est avec son petit frère ! »

Sylvain regarde tout autour de lui, un sourire de bonheur flotte sur ses lèvres. Je le pousse du coude.

— Calme-toi, t'es pas encore chez toi, ici.

— Alors, ils sont où, les caïds ? demande-t-il à voix basse.

— Quels *caïds* ?

— Mika et sa bande...

— T'appelles ça des *caïds* ?

— Pas moi, mais tout le monde les connaît dans ma classe. Ils se battent souvent.

— Avec des CP, ouais.

Je désigne d'un coup de menton les cadors des toboggans.

— Là. Des minables.

— Ils ont pas l'air méchants. Ils sont en cinquième ?

— Mmh.

— C'est lequel, leur chef ?

— Devine.

— Le grand maigre ?

— Non, lui, je l'appelle Méduse. À cause de son cerveau qu'est comme de la glu. Et c'est méchant pour les méduses.

— Alors celui avec la veste classe ?

— Classe ? Tu rigoles ?

— Moi j'aime bien. Alors, c'est lui ?

— Mmh.

Mon frère se détourne si vite qu'il grimace et se masse le cou.

— Il nous regarde…

— Et alors ? T'as la trouille qu'il te rackette ton petit pain ?

— Tu lui as déjà parlé ?

— À qui, à Mika ? Je parle pas aux crâneurs.

— Mais lui, il te regarde drôlement, quand même ! Il t'aime bien, ou quoi ?

— Bon, tu retournes quand à ta petite école ?

Il se lève en prenant tout son temps et dit, les mains dans les poches :

— Un tome chaque semaine.

— Ça va, j'ai pas la mémoire d'un ver de vase.

J'ai adoré madame Plantin quand c'était ma maîtresse, j'ai lu sept fois *L'Œil du loup*, mais là, je les hais, elle et son maudit roman !

Dix-sept heures. La sonnerie retentit, on se précipite à la porte en jouant des coudes. Ça beugle, ça se bouscule, les garçons foncent. Les surveillants feraient bien d'apprendre à manier le lasso.

— Albertine ?

Je me retourne. Madame Chamblas, la prof de SVT, à la porte, me fait signe d'approcher.

— Je vais être en retard, madame.

— Deux minutes, s'il te plaît.

J'attends de pouvoir traverser le couloir sans me faire écraser par la foule et rejoins madame Chamblas de mauvaise grâce. Elle me sourit.

— Tu es une des seules à ne pas avoir choisi d'exposé. Il reste celui sur les arbres. Si tu es timide, tu peux le faire avec quelqu'un.

Embarrassée, j'explique, le nez vers mes chaussures :

— Je ne peux pas le faire.

Elle fronce les sourcils.

— Tu ne *peux* pas ou tu ne *veux* pas ?

— Un peu les deux. Ça… ça me donnerait trop envie de grimper aux arbres.

— Et alors ?

— Alors je n'ai pas le droit de le faire. Jamais.

Le regard de madame Chamblas s'illumine.

— Mais… ce ne serait pas ton papa qui a tout fait pour que les hêtres soient coupés autour du cimetière ?

Je baisse la tête et réponds tout bas :

— Si. Et ceux qui étaient trop près de notre jardin, aussi. Et ceux de l'allée entre notre maison et celle de madame Gourbi.

Elle me lève le menton et dit en souriant :

— Veux-tu que je discute avec lui, pour essayer de le convaincre ?

Mon cœur panique illico. Quand une journée est mauvaise…

— Impossible ! Il n'est jamais là.

— Avec ta maman, alors ?

— Ah non, elle, elle n'est plus là du tout.

Les yeux de la prof s'agrandissent. Elle devient soudain très pâle.

— Plus là du tout, tu veux dire que…

— Oui, je veux dire qu'elle est morte.

— Oh ! pardon, murmure-t-elle.

— Non, c'est rien, je l'ai presque pas connue. Elle a eu un accident quand j'étais petite, juste après la naissance de mon frère.

Elle reprend peu à peu des couleurs et pose sa main sur le chambranle de la porte pour se donner une contenance, mais ses doigts tremblent.

— Tu as peut-être un autre sujet à proposer en lien avec la matière ?

Je réfléchis un instant avant de répondre :

— Les araignées !

Elle me fixe, surprise.

— Les araignées ? Pourquoi pas ? Ce n'est pas banal, comme choix.

— Ce n'est pas que je les aime particulièrement, mais mon frère en a une peur bleue et il n'arrête pas de m'espionner quand je fais des recherches sur l'ordi. Du coup, je n'aurai pas tout le temps son museau de fouine au-dessus de mon épaule.

Elle rit.

— Très bien, va pour les araignées.

— Je pourrai en apporter une au collège, le jour de l'exposé ?

— Euh… des photos suffiront, Albertine. Des photos suffiront.

C'est un petit cimetière entouré d'un muret de pierre. En tout, une vingtaine de tombes. Mon père a fini par accepter qu'on l'attende assis sur un des deux bancs. Mais pas celui qui se trouve sous l'ombre du tilleul. Du coup, à la date d'anniversaire de notre mère et à la Toussaint, avec mon frère, on reste près d'une heure à rôtir sous le soleil ou à se faire tremper comme des poulpes en attendant que notre père ait fini de faire la statue dans son costume sombre, la tête penchée vers la dalle de marbre, comme s'il avait fait une énorme bêtise.

Aujourd'hui, c'est rôti. Le soleil nous bombarde. Mon frère, une main au-dessus de la page pour faire de l'ombre, lit le tome 4 des *Corneilles rouges* que je lui ai fourni, il y a deux jours. Moi, je ne fais rien, j'attends.

Nours attend aussi. Il marche dans le chemin qui longe le mur du cimetière. Il fait un bouquet pour le salon avec les fleurs sauvages qui poussent en cette saison. Il nous rapporte parfois des fraises des bois, des framboises sauvages, des mûres. Il a même un coin à girolles.

Chaque fois, je demande à papa si je peux accompagner Nours dans sa petite balade, au lieu de rester assise sur ce banc, et chaque fois, papa me sert la même réponse :

— Tu n'as pas à sentir de tristesse pour la maman dont tu ne te souviens pas, mais je ne veux pas que tu t'éloignes.

Comme si les morts ne pouvaient pas voir derrière les murs ! Il faudrait savoir ! Soit ils sont au ciel et ils nous observent tout le temps, soit ils sont sous la terre et ils ne voient rien, de toute façon. Les adultes défendent toujours la logique qui les arrange.

Le nom sur la grande dalle est celui de ma mère, mais ça ne me fait rien, même pas un fourmillement dans le ventre. Je ne me souviens pas d'elle. Rien.

À son portrait sur la dalle, je vois bien que je lui ressemble un peu. Elle sourit sur la photo, mais ses yeux caramel restent méfiants, déterminés. Son petit visage pâle, un peu déteint par le soleil, est encadré par une lourde chevelure brune. On dirait une enfant sauvage juste sortie du bois où elle s'était enfuie. La photo a été prise juste avant l'« accident ».

Ce qui est arrivé à ma mère porte ce nom : l'« accident ». Et personne n'ouvre jamais ce mot, personne ne l'explique. Il apparaît, parfois, dans une conversation, toujours suivi par un silence qui l'isole. C'est le mot de mon père, un mot qui lui creuse les traits et lui fait tourner le dos. Mais je ne l'ai jamais vu pleurer. Pourtant, quelque chose me dit qu'il y aurait dans son cœur de quoi produire un déluge s'il se laissait aller. Mais c'est papa. Une boîte avec un cadenas. Sans clé.

Même devant la tombe de sa femme, rien ne sort, pas un mot. Parfois, j'ai l'impression qu'il ne respire plus. Mon père est devenu une statue de cimetière.

Je regarde régulièrement la grille, espérant voir arriver la petite silhouette tordue de madame Gourbi. Sa venue est le seul événement qui puisse égayer ce moment ennuyeux.

Madame Gourbi est notre voisine et l'ennemie de papa. C'est la guerre entre eux. Leur conflit date de l'année où mon père a fait couper tous les hêtres qui ombrageaient le chemin séparant nos propriétés. Elle aimait les herbes folles, les marguerites et les chardons, mais mon père coupait tout. Un jour, j'ai vu une photo du chemin avec les arbres, c'était très beau. Quand je lui ai demandé pourquoi il les avait coupés, il a secoué la tête, deux puits sombres à la place des yeux. Sa glotte est montée, descendue, mais il n'a rien dit.

Madame Gourbi arrive toujours quelques minutes après qu'on a passé la grille du cimetière. Elle doit nous repérer aux jumelles depuis sa petite maison au bas de la côte qui mène ici. Elle regarde mon père avec des yeux de serpent mortel. Elle lui fait comprendre qu'elle aurait très envie de lui inoculer une grippe puissance mille. Mais dès qu'il se tourne vers la tombe, elle nous fait un clin d'œil et cache son sourire derrière ses mains ridées.

Il y a eu de belles engueulades entre madame Gourbi et papa. Il parle de « prises de bec », mais le bec de madame Gourbi est du genre cacatoès, alors que celui de mon père est plutôt moineau. On sent bien qu'ils se retiennent de se voler vraiment dans les plumes parce qu'on les écoute. Madame Gourbi n'y va quand même pas trop fort avec ce-monsieur-qui-a-perdu-sa-femme-et-s'occupe-de-ses-deux-enfants. Entre eux, il y a eu des « Assassineur d'arbres ! », des « Vieille bique ! », des « Massacreur ! » et des « Bécasse bossue ! ».

Un jour, Sylvain s'est sacrément fait gronder en rentrant parce qu'il avait applaudi au « Vous êtes plus têtu qu'un âne borgne ! » de madame Gourbi. Et j'ai eu le droit de manger dans ma chambre pour avoir demandé à papa si un âne borgne était plus têtu qu'un autre.

Ce que papa ne sait pas, c'est qu'elle laisse toujours discrètement tomber deux bonbons de sa poche en partant.

Elle participe activement à l'embellissement de la municipalité en fleurissant les maisons, mais aussi le cimetière où elle coupe les lierres et pose des bouquets de fleurs des champs ou des pots de bruyère sur les tombes où personne ne vient plus. Elle fait tout pour que le village obtienne sa deuxième étoile de « village fleuri ».

Parfois, j'ai l'impression que les yeux de maman brillent sur la photo et qu'elle va éclater de rire. Je n'arrive pas à l'imaginer mariée avec ce grand monsieur tout raide et austère qu'est mon père.

Nours nous attend devant la grille du cimetière avec son panier et un bouquet de campanules, mais pas question de nous précipiter. Papa tourne son visage avec un air de mois de novembre. Sylvain ferme son livre. On se lève au moment où madame Gourbi passe la grille avec ses joues plus ridées qu'une pomme de cent ans.

Papa se raidit imperceptiblement, ses mâchoires se crispent.

Nours salue madame Gourbi en levant son chapeau. Mon père dresse le menton.

— Chameau ! dit tout bas madame Gourbi en croisant papa.

— Vipère sénile ! répond-il du bout des lèvres.

Papa entre dans la voiture. Nours démarre.

— Oh, zut ! j'ai oublié mon livre ! dit mon frère en ouvrant la portière. Il retourne au cimetière en courant. Moins d'une minute plus tard, sa main me passe discrètement un bonbon.

— Bien joué, fréro !

Nours est devant l'évier. Je m'approche en catimini et le prends d'un seul coup dans mes bras.

— Bouh !

Il tourne vers moi un visage inondé de larmes.

— Oh ! qu'est-ce qui t'arrive ?

Il montre d'un mouvement du menton les quelques oignons qu'il est en train d'émincer sur la grande planche en bois :

— Ils se vengent que je les aie sortis de terre.

— Punaise, tu m'as fait une de ces peurs ! Je peux t'aider ?

— Je fais une ratatouille. Tu veux bien t'occuper de couper les tomates et les quelques courgettes qui ont été oubliées par les malfaiteurs nocturnes ? Ou ça te dégoûte trop ?

Il me fait une place devant l'évier. Aussitôt, mes yeux piquent, les larmes coulent.

— Tu as vu ? Costauds, les bougres, hein ?

Je m'essuie les yeux dans ma manche. J'aime bien aider Nours à cuisiner. On s'entend sans se parler. Un regard suffit, un geste.

L'occasion est trop bonne pour la laisser passer.

— C'est mon anniversaire dans moins d'une semaine, maintenant.

— Tu crois que je ne sais pas ça, Titine? J'ai déjà prévu quel gâteau je te ferai, mais je ne dirai pas lequel, même sous la torture! Et comme tu peux le voir avec les oignons, je suis résistant.

Je prends ma respiration et déclare après un temps:

— Pour mon cadeau, tu sais: la balançoire…

Nours pousse un soupir et me regarde en coin, un sourcil levé, l'autre baissé.

— On en a déjà parlé, ma belle, et ton père…

— Mais on n'est pas obligés de le lui dire. Il suffit de trouver deux cordes, une planche en bois. Une balançoire toute simple. J'en rêve et Sylvain aussi. Le grand chêne juste derrière le grillage a une branche qui dépasse dans notre jardin. Tu la regardes souvent, toi aussi. Elle serait parfaite, aucun risque qu'elle casse! Mais elle est trop haute pour que je puisse l'atteindre. Il faudrait… que quelqu'un monte installer la balançoire avec une échelle et j'aurais le plus beau cadeau d'anniversaire du monde. Une fois que ce sera fait, même pas sûre qu'il la remarque, ou en tout cas qu'il ait le temps de s'en soucier.

Voilà, c'est fait. J'ai sauté du grand plongeoir, les yeux fermés, sans regarder s'il y avait de l'eau en dessous. Mon cœur bat si fort que ma poitrine est près d'exploser. Nours reste silencieux. Les secondes s'étirent. Je vais m'écraser. Le couteau n'avance pas dans le poivron. C'est fichu. Je baisse la tête. Cette fois, les oignons n'ont rien à voir avec les larmes dans mes yeux.

Enfin, la main de Nours finit le geste et le poivron tombe dans l'écumoire.

— C'est drôle, dit-il, j'ai pensé de nombreuses fois à accrocher une balançoire à la branche dont tu parles. Tu as raison, je la regarde souvent. C'est la seule qui n'ait pas été coupée. Sans doute parce qu'elle est justement trop haute pour que vous puissiez avoir même l'idée d'y monter. Sauf toi, bien entendu.

Il pose le couteau, se lave les mains, les sèche méticuleusement et me dévisage en roulant ses moustaches du bout des doigts. Il me fixe longtemps.

« Te rends-tu bien compte de ce que tu me demandes ? » semble-t-il vouloir dire.

— Alors ? Tu serais... d'accord ? Il faudrait juste que tu places l'échelle, je grimperais et...

Ses yeux s'écarquillent. Il secoue la tête comme s'il tentait de se débarrasser d'une guêpe posée sur son nez.

— Tss tss tss, supprime le verbe « grimper » de ton vocabulaire, ma jolie. Si quelqu'un devait monter, ce serait moi et je n'ai pas dit oui.

Je soupire en coupant très délicatement ses maudites courgettes, quand je l'entends dire tout bas, comme pour lui-même :

— Elle est haute, quand même, cette branche... Il faut voir si l'échelle suffira.

Mon cœur explose. Je me retiens de hurler ma joie. Il ajoute :

— Tu le sais, petit bison, n'est-ce pas, qu'on risque gros en faisant ça ? Ça pourrait être... nucléaire !

Je hoche la tête, la gorge nouée.

Il reste un moment songeur, puis sourit sous sa moustache.

— Mais une balançoire, c'est vrai que ça pourrait être un bon compromis, dit-il, pensif. Utiliser un arbre sans y grimper... Pourquoi pas ?

Les légumes coupés, je sors en courant.

— Sylvain !

Assis dans une chaise longue sur la terrasse, mon frère lève à peine les yeux de son roman.

Je le lui arrache des mains.

— T'es chianteuuuu ! Rends-moi ça !

Je lève le menton et déclare, solennelle :

— Sache, petit frère, que je vais avoir le plus beau, le plus fou, le plus merveilleux cadeau de la terre du monde de l'univers pour mon anniversaire.

Il soupire en fixant son roman dans mes mains.

— Raconte.

— Tu devines pas ?

Il regarde autour de lui et murmure, les yeux brillants de malice :

— Un pantalon ?

Je reste muette un instant.

— Bonne idée mais non. Mieux !

Il sourit, pris au jeu.

— Des poules ?

— Non, ça, c'est toi qui en aimerais. Et des lapins, je sais. Les moches avec des oreilles qui tombent. Sauf que c'est mon anniversaire, pas le tien ! Alors ?

— Euh… le droit d'accompagner Nours chercher des fruits et des champignons quand on va au cimetière ?

— Bof. En plus, on risquerait de rater madame Gourbi et ses trop bons bonbons.

— Pas faux. Bon, je donne ma langue au chat.

Je ménage mon effet en souriant au ciel.

— Tine ! Vas-y, dis !

Je lui rends le roman et chuchote :

— Une ba-lan-çoire.

Comme d'habitude, il faut quelques secondes pour que la connexion se fasse dans le cerveau de mon frère, mais quand il comprend, BOUM ! il bondit comme si huit frelons l'avaient piqué.

— Tu veux l'accrocher à quoi ?

— À la branche du grand chêne au fond du jardin. Nours le fera.

Ses yeux se perdent dans le vide. Ça y est, il la voit, la branche. Sa bouche s'ouvre toute grande et ses yeux deviennent plus ronds et apeurés que ceux des micro-chiens tremblotant dans les bras des mamies.

— T'es folle ? T'es bonne pour l'hôpital psychiatruc ! Elle est au moins à dix mètres du sol, cette branche !

— Cinq.

— Et... Nours grimpera ? Il l'a dit ?

— Oui. Avec une échelle.

Il se tord les doigts et respire très vite.

— Mais... et papa ?

— Une fois qu'elle sera accrochée, il n'ira pas la détacher !

— Tu rigoles ? Il est capable de tout. Il veut pas qu'on grimpe dans les arbres ! In-ter-dit !

Je hausse les épaules.

— Je ne mettrai pas un doigt sur l'arbre, pas un ! Juste sur la balançoire. Et toi aussi, tu pourras...

Il secoue les mains devant lui.

— Ah non ! Non ! non ! non ! C'est *ton* idée ! Je veux même pas être là quand il te verra te balancer. Il va piquer une de ces crises ! Oh là là !

Il répète de plus belle :

— T'es folle, Tine ! Complètement dingotte ! Papa va… Je sais même pas ce qu'il pourrait te faire !

— Il va pas non plus nous scalper pour une balançoire. Faut quand même pas exagérer !

Il se lève et rentre en se tenant la tête. Il fallait vraiment qu'il soit mort de trouille pour oublier *Les Corneilles rouges* sur la chaise longue !

Voilà, c'est vendredi. Le jour de mon anniversaire. Et papa n'est pas à la maison.

J'ai passé la semaine à cogiter, et plus la discussion avec Nours s'éloignait, plus l'idée de la balançoire me paraissait irréalisable. Mes boyaux se tordaient avec des bruits d'évier qui se vide.

« Qu'est-ce que tu croyais, Albertine crétine ? Que les miracles existent ? »

Je reste allongée, la couette sur la tête.

On toque. Mon frère, sûrement. Pas envie de le voir, pas envie de parler. Nouveaux coups à la porte. Pas le genre de mon frère de pas entrer.

— Quoi ?

— Je peux ?

— Nours ? Entre ! dis-je d'une voix que je voudrais moins fragile.

Je descends la couette jusqu'au bord des yeux. Nours, moustache lisse, parfaitement remontée, est prêt à nous emmener en classe. Mais je remarque son front couvert de gouttelettes de sueur, sa respiration rapide.

Je m'assieds et demande :

— Tu es malade ?

— Malade, moi ? Jamais de la vie ! Habille-toi et rejoins-moi rapidos dans la cuisine. Zou !

Il sort et ferme la porte sans faire aucun bruit. Je remarque alors seulement que le jour commence à peine à se lever. Mon frère doit encore dormir.

Je mets une robe rouge (celle que m'a demandée Camille, hier), j'enfile un gilet et descends sur la pointe des pieds, en tenant mes chaussures à la main.

Six heures cinq à l'horloge du hall d'entrée. L'odeur de café chaud et de pain grillé flotte dans la cuisine.

Sur la table ronde, trois assiettes, du pain, du jambon, des confitures. Les moustaches de Nours frétillent de joie quand il voit mes yeux s'ouvrir tout grands devant le gâteau qu'il m'a préparé : un cake au chocolat couvert de feuilles d'un vert pistache.

— C'est des vraies feuilles ?

— Non, elles sont en pâte d'amande. Un petit clin d'œil pour ma zinzin rebelle. Il faudra toutes les manger avant que ton papa arrive demain, sinon il pourrait prendre ça pour de la provocation…

Il n'arrive que demain, donc ! Je soupire et la joie du magnifique gâteau efface rapidement la déception de ne pas voir mon père le jour de mon anniversaire.

Je demande :

— On allume les bougies ?

— Pas encore.

Il se place devant la porte vitrée, les bras dans le dos, et reste parfaitement immobile.

Au bout d'un moment, je m'étonne :

— On attend Sylvain pour manger ?

Il ne répond pas. La boule remonte dans ma gorge. Je le rejoins et lui prends la main. Nous restons un instant à regarder le jour gris couler sa lumière triste. Les yeux me piquent de sommeil.

— Ça t'embête si je vais me recoucher, Nours ? Je suis pas bien réveillée.

Il secoue imperceptiblement la tête et dit tout bas :

— Regarde, un peu.

— Où ?

Il indique le jardin du menton.

— Ben, quoi ?

Cette fois, les pointes de ses moustaches vibrent d'amusement :

— Bon, dit-il, on sort.

Je m'assieds pour mettre mes chaussures, mais il me les prend des mains.

— Tss tss tss. Il fait doux, la rosée est délicieuse. Ça donne des forces de marcher dans la rosée. Zou !

Il ouvre la porte et me laisse passer. Il me pousse doucement.

— Allez, dépêche-toi.

Il m'embrasse sur le front et me lance :

— Joyeux anniversaire, Tine !

Puis il ferme la porte.

Je me frotte les yeux et avance. Une brume basse couvre le jardin. Nours avait raison, la fraîcheur de la rosée est un délice sous les pieds nus.

Tout à coup, mon cœur s'arrête. Je ferme plusieurs fois les yeux et les rouvre, très vite. J'avance pas à pas, prudemment, comme si je pouvais effrayer la vision que j'ai à cet instant. Faites que ce soit vrai ! Que je ne me réveille pas ! Pas maintenant. Quelques pas encore, juste… La toucher.

Elle est bien là, accrochée à deux fines cordes pendues à la lourde branche du chêne.

La balançoire !

Je touche l'assise en bois du bout des doigts avant de m'y asseoir. La brume se densifie. Je lève la tête. Le monde se limite à la branche, aux cordes, au chant des oiseaux. Quelques impulsions et je ne touche plus terre. Mon ventre se creuse à chaque descente, mais je tends les jambes pour aller plus haut, toujours plus haut, et sentir le jour enfler autour de moi. Je me balance dans une chambre de lumière fraîche.

— Tine ?

J'ouvre les yeux. La voix de mon frère perce la ouate épaisse de la brume. Mon cœur me fait mal. Pas lui, pas tout de suite ! C'est mon moment rien qu'à moi, mon instant de bonheur !

— Tine ? T'es où ? On doit partir !

Je reprends de l'élan pour monter, monter encore ! M'éloigner. Je suis tellement haut que la corde se détend et donne un à-coup avant de descendre. Je vole, Nours ! Je vole !

La silhouette de Sylvain sort de la brume et s'immobilise à quelques mètres.

— Oh !

La crainte et l'envie traversent alternativement son regard, comme une météo instable, mais les nuages de peur finissent, comme toujours, par voiler son enthousiasme.

Je garde l'élan, tends les jambes, les replie et relance pour ne pas perdre de hauteur.

— Nours nous attend, c'est l'heure, tente-t-il.

J'ouvre la bouche avec l'intention de lui dire que je ne descendrai pas, que je n'irai pas en classe aujourd'hui. Aujourd'hui, je rêve ! Je ne veux plus toucher terre !

Mais je ne peux pas faire ça à Nours. C'est son cadeau.

Alors, à regret, je me laisse peu à peu descendre et finis par mettre les pieds par terre. Je me lève, saisie d'un merveilleux vertige, l'impression de peser moins qu'un oiseau.

Mon frère a encore les yeux écarquillés.

— Punaise, Nours l'a fait ! Il est fou ! Quand papa va…

Le cri que je pousse nous pétrifie tous les deux :

— Papa ne va rien du tout ! C'est *mon* cadeau, il n'y touchera pas !

Je serre les poings. Mon frère s'éloigne, tête basse. Je suis sa silhouette fantomatique dans la brume. Quand je me retourne, mon cœur se serre.

La balançoire a disparu derrière le brouillard.

— Tu me pousses, s'il te plaît ? demande mon frère.

— Et puis quoi encore ?

— Allez, Tine ! J'arrive pas à monter aussi haut que toi.

Nours me lance un regard noir :

— C'est si difficile que ça, d'aider ton frère cinq minutes ? Il fait presque nuit, ça fait une heure qu'il attend son tour !

Je me place derrière Sylvain en râlant et, pour lui donner de l'élan, lui envoie une bonne bourrade dans le dos. Il ne se plaint pas.

À peine à la moitié de la hauteur, il crie :

— Stooooop ! J'ai envie de vomir.

— Garde les jambes pliées, lui dit Nours alors que j'écarte les bras et lève les yeux au ciel. Ça va s'arrêter tout seul.

Sylvain pose les pieds par terre, très pâle, une main sur la bouche. Je lui tape sur l'épaule :

— Alors, Spiderman, on a une petite faiblesse ?

— C'est bon, Tine ! intervient Nours. Pas la peine d'en rajouter.

Mon frère s'assied par terre, la tête entre ses genoux repliés. Nours s'accroupit devant lui.

— Ça va, mon grand ?

— Pas trop.

— Tu n'avais pas parlé de devenir pilote d'avion ?

— Je vais trouver autre chose, je crois.

Je m'assieds sur la balançoire et dis avec un grand et faux sourire :

— Cosmonaute ?

Sylvain hausse les épaules, se relève tant bien que mal avec l'aide de Nours et rejoint la maison en titubant.

Nours me regarde sévèrement. Une boule se coince dans ma gorge.

— Ce que tu peux être cruelle, parfois... Si mon cadeau doit provoquer des tensions pareilles entre ton frère et toi, je vais vite le regretter.

Je me lève, embrasse Nours sur la joue et lui chuchote à l'oreille :

— Merci beaucoup, c'est le plus beau cadeau de ma vie ! Mais j'ai peur de la réaction de papa.

Je retourne sur la balançoire et recommence à voler.

— J'espère que...

— Profite de ton cadeau, me coupe Nours avec une petite voix. Profite. On dîne dans dix minutes, ok ?

— Ok. Je vous rejoins.

Nours ferme la porte de la maison. Un écureuil pousse des petits cris au-dessus de ma tête. Une noisette passe tout près de mon oreille. Je proteste :

— Eh, toi ! tu me bombardes ?

Il répond par des cris stridents et deux nouvelles noisettes.

— Pas la peine de t'énerver, j'ai pas le droit de monter, de toute façon.

Est-ce qu'il m'a comprise ? Il rejoint le tronc et disparaît dans les frondaisons. La lune apparaît dans le feuillage.

Quitter la balançoire est un arrachement, mais il faut rentrer, et manger les feuilles du gâteau de Nours : papa rentre demain.

Je me réveille en sursaut, m'habille avec précipitation et descends les escaliers quatre à quatre.

J'entre dans la cuisine en chantonnant. Nours, dos tourné, fait frire des œufs à la poêle.

— Bonjour, Nou…

Je me fige. Mon père est assis à table, une tasse de thé à la main. Il lève vers moi des yeux lourds. Les muscles sous ses joues se tendent, ses pupilles ressemblent à deux pierres noires.

Nours ne se retourne pas. Un instant, je ne sais plus quoi faire, quoi dire. Puis je demande d'une voix chevrotante :

— Tu es déjà rentré ?

Il retient sa respiration. Son poing se crispe, ses lèvres s'entrouvrent sur ses dents serrées. Il me lance un regard de loup. Puis il prend une longue inspiration et frappe la table du plat de la main.

Sa voix est une foudre brûlante :

— Tu SAVAIS que je ne voulais pas de cette balançoire !

Nours, dos voûté, ne se retourne toujours pas.

— Mais… je n'ai pas touché l'arbre! Je n'y suis pas montée!

Il secoue la tête, blême de rage.

— Tu as profité de mon absence! Tu connais parfaitement les règles que je vous demande de respecter. Je ne veux pas…

Si j'avais crié, si j'avais tenté de parler plus fort que lui, il aurait haussé le ton jusqu'à ce que je fasse silence. Avec Sylvain, je crie, je hurle, je ne sais parfois même plus ce que je dis et on en rigole ensuite avec Nours. Mais cette fois, c'est différent. L'injustice de mon père me remplit d'une rage immense, impossible à contenir. J'ai froid, mais ma voix sort de ma bouche sans hésiter, sans faiblir. Elle ne monte pas, ne descend pas. Elle est blanche, droite, comme une lame d'épée. Ce sont des mots de glace.

— Tu es injuste. Tu ne m'as jamais expliqué pourquoi on ne peut pas grimper aux arbres comme les autres enfants, pourquoi tu voudrais tous les couper. Il faut se taire et accepter tes décisions, toujours!

Mes mots coulent dans ses yeux écarquillés. Le barrage cède.

— Tu n'es pas là pour t'occuper des devoirs, pas là pour nous border, pas là pour nous soigner, nous rassurer, nous féliciter, nous embrasser, ou alors tu le fais quand on dort, à la sauvette, du bout des lèvres. Mais on ne doit rien te reprocher, rien te demander, jamais, parce que tu as toujours raison !

Ses yeux me lâchent et tournent comme des oiseaux perdus.

— Cette balançoire, c'était mon rêve. C'est Nours qui l'a réalisé. Toi, tu es dans mes rêves, mais tu ne les réalises pas. Grâce à la balançoire, j'ai volé ! J'ai jamais touché l'arbre, je t'ai pas désobéi.

Ses lèvres ont disparu. Sa bouche est une ligne fine, une plaie mal fermée.

— Je t'aime, mais je sais pas si tu m'aimes, toi.

Il se lève d'un bloc. Les bras le long du corps, la peau grise, mais je ne peux plus me taire.

— Si tu enlèves la balançoire… !

— C'est fait !

Nours se retourne enfin. Ses yeux sont rouges, pourtant il n'y a pas d'oignons dans l'évier.

Mon père a suivi mon regard.

— Pierre a fait une faute impardonnable. Il savait parfaitement à quoi s'en tenir avec ces fichus arbres.

— C'est moi qui le lui ai demandé ! On pensait pas que tu…

— Nous sommes de plus en plus souvent en désaccord sur votre éducation, laisse-t-il tomber d'une voix blanche. C'est la goutte d'eau, cette fois. Nous en avons parlé, il nous quittera à la fin du mois.

— Quoi ? Non !

Je me précipite sur Nours et l'enlace.

— Non ! NON ! NON ! NON !

Ils se font face.

— Je veux rester avec toi ! dis-je à Nours. Je te défends de partir. Tu… tu peux pas !

— Tine…

Mes larmes coulent.

Mon père s'avance, très raide, et pose la main sur mon épaule. Je bondis hors de sa portée comme s'il m'avait brûlée.

— Tu peux pas faire partir Nours ! C'est… c'est dégueulasse ! Tu es…

— Chhh, chhh, dit tout doucement Nours à mon oreille. Retiens tes mots, ma belle.

Mon frère entre dans la cuisine en se frottant les yeux. Son visage s'illumine en voyant son père. Il ne sait pas encore.

— Papa ! Tu es là pour l'anniversaire d'Albertine ? C'est chouette ! Je veux dire… C'est formidable.

— Non, dis-je froidement. Il est venu pour nous gâcher la vie. Nous la pourrir !

— Quoi ?

En trois pas, je suis à la porte qui donne sur la terrasse. Je cours, poursuivie par des cris, des mots, des respirations, mais j'ai de l'entraînement. Personne ne pourra me rattraper. Personne ne pourra plus jamais me rattraper ! Le ciel est d'un bleu pur, intense. Je file dans le grand jardin. Là-bas, les deux cordes pendent, vides. Mes jambes voudraient céder, mon cœur explose, mais je ne ralentis pas. La planche a disparu. Je le savais, mais le voir me fait tellement mal ! Un cri de rage m'échappe. J'attrape la première corde à la volée et monte le plus vite possible. Une main saisit ma chaussure. Je tire. La chaussure s'enlève. Je pousse sur mes jambes et grimpe en serrant la corde entre mes pieds.

Mon père secoue la corde :

— Descends !

La voix qui monte, vrillée par la peur et la colère, n'est plus vraiment la sienne. La branche n'est à présent qu'à un mètre au-dessus de moi. Mes bras sont douloureux, mes doigts veulent s'ouvrir tout seuls, mais je touche l'écorce et passe un bras par-dessus la branche. Puis le deuxième, et je reste quelques secondes, les yeux fermés, à reprendre haleine. Plusieurs voix viennent à moi, mais je n'entends rien. Je ne veux plus rien entendre !

Je prends mon élan et lance ma jambe. Au deuxième essai, je suis couchée sur la branche, la joue sur le bois rugueux. Trois visages blancs fixés sur moi. Soudain silencieux.

Si loin !

Mon frère lance ses mots avec précaution, comme s'ils pouvaient me faire tomber :

— Descends, Tine, s'il te plaît. C'est super haut ! J'ai peur.

J'enlace la branche et réponds à Sylvain en regardant les yeux remplis d'effroi de mon père :

— Je ne descendrai plus jamais ! Je ne toucherai plus la terre ! Je reste dans les arbres !

Je m'agenouille, trouve mon équilibre, puis me lève prudemment. La branche est assez large pour que je puisse y marcher sans risque. Bras écartés, je rejoins le tronc en funambule. Au-dessus de moi, l'écureuil crie et grimpe comme une flammèche rouge.

Je m'assieds sur la branche, dos au tronc et ferme les yeux.

« Calme-toi, mon cœur, on a le temps maintenant, tout notre temps. »

Ils attendent sans prononcer un mot. Mon père s'éloigne le premier, à grands pas. Nours et Sylvain parlent tout bas. J'imagine que Nours lui raconte la scène de la cuisine.

Un instant, l'idée que je vais être en retard en cours me traverse l'esprit. Mon ventre se serre, mais c'est trop tard, je suis ailleurs, je commence une autre vie.

DEUXIÈME PARTIE

La vie dans les arbres

— Tu peux descendre, dit Nours d'une voix lasse, ton père est parti. Je dois vous emmener à l'école, vous allez être en retard. Allez, zou !

— Non.

Nouveau conciliabule entre mon frère et Nours. Mon frère se lance :

— Tu veux plus jamais descendre ?

— Non.

Il réfléchit un moment avant de demander :

— Et comment tu feras pipi ?

Je hausse les épaules.

— Et tu mangeras quoi ?

Nouveau haussement d'épaules.

Mon frère sourit. Le visage levé vers moi, il dit d'une voix chantante :

— Tu tiendras pas… Tu tiendras pas…

Je reste silencieuse.

— Et tu dormiras où ? Dans un nid d'oiseau ?

— Ça suffit, Sylvain ! intervient Nours. Va t'installer dans la voiture.

Mon frère part en courant, sous son regard.

Nous restons un moment à nous observer.

— Vous allez être en retard, Nours.

Il passe les mains sur son visage.

— Ton père se calmera, il faut lui laisser un peu de temps.

— Pas moi, moi, je ne me calmerai pas ! Il veut que tu partes et il a coupé ma balançoire.

— Allez, c'était sous le coup de la colère.

— Non ! J'ai dit exactement ce que je pensais, je m'excuserai jamais ! J'ai dit la vérité ! Il est injuste. Et tu sais que j'ai raison !

Il regarde en direction de la maison. Un coup de klaxon retentit. C'est Sylvain.

— Écoute, je dois emmener Sylvain à l'école, mais… fais attention, Tine, dit Nours d'une voix douce.

Il baisse la tête et ajoute pour lui-même :

— Voilà, nous y sommes.

— Où ?

Il me regarde avec des yeux brillants, rieurs.

— Au commencement de quelque chose.

Il s'éloigne lentement, dos voûté. Je voudrais le rappeler, discuter avec lui longtemps encore, qu'il tente de me persuader que tout est encore possible. Mais Nours s'en va.

— Nours !

Il tourne la tête.

— Je… je t'adore.

Un sourire éclaire son visage.

— Moi aussi, Tine, je t'adore. Ne prends pas de risques, s'il te plaît.

— Promis.

Je le suis à travers les feuilles jusqu'à ce qu'il disparaisse derrière la maison.

Et maintenant ?

Je suis partagée entre l'excitation de ce que je viens de quitter et de ce qui m'attend, et mon cœur bat à me faire mal. La voiture démarre et s'éloigne.

Un léger vent fait balancer les cordes vides. Les flammes de la colère m'embrasent à nouveau. Où est mon père ? Que fait-il ? Boit-il son thé avec son affreux gilet en laine en lisant le journal comme si de rien n'était ? Bel anniversaire ! Merci Charles de Furetière !

Je passe sur une autre branche de l'autre côté de l'arbre en me collant au tronc, le cœur battant. Là, l'écureuil me fixe, queue dressée.

La branche est étroite et se balance au rythme de mes pas. Devant moi, l'écureuil se tasse, les touffes de poils roux au bout de ses oreilles vibrent. Je pense à la moustache de Nours.

Il sautille sur place avec de petits cris aigus.

— Qu'est-ce qu'il y a, petit ninja poilu ? Tu veux me faire peur ?

Il écarte les pattes et griffe l'écorce. Je tape du pied en criant. Il fait demi-tour et disparaît aussitôt en bondissant de branche en branche.

Je m'assieds et avance en me hissant doucement jusqu'à ce que la branche ploie et frôle celle du dessus, qui appartient à l'arbre voisin. Alors, avec des gestes mesurés, je me couche et me laisse glisser. Puis je rejoins le tronc.

Je suis passée !

En sueur, je reprends ma respiration. Mille questions se bousculent dans ma tête. Où dormirai-je ? Où boire ? Comment me laver ? Changer mes vêtements ?

Ma gorge se serre. Quelle idiote ! J'aurais dû réfléchir et fuir dans un premier temps dans ma chambre pour préparer ma fugue. « Il fallait utiliser vos neurones, Idiotine de Furetière ! » Maintenant, il est trop tard. Je devrai me débrouiller avec ce que j'ai. C'est-à-dire rien.

Je regarde vers la maison, puis vers la forêt. Autour de moi, les arbres se succèdent : grands, petits, touffus, maigrichons, centenaires... Avec un peu de chance, je pourrai me frayer un chemin en passant d'un arbre à l'autre. Et partir à l'aventure. Pourquoi pas ?

Mais quelle direction prendre ? Je choisis celle des feuillus aux branches les plus basses. Je ne sais même pas dans quelle espèce d'arbre je suis, ni où je me trouve.

Comment mesurer le chemin parcouru dans les arbres ? En nombre de branches ? En arbres visités ?

J'en suis à cinq quand je perçois un mouvement au sol. Je retiens mon souffle. Tout à coup, une échelle sort des buissons, puis mon père, visage fermé. Ses yeux me cherchent. Je ne me cache pas. Quand il me voit, sans un mot, il place l'échelle contre le tronc de l'arbre.

Je grimpe rapidement. Aucune branche de l'arbre voisin n'est assez proche pour que je puisse la rejoindre en rampant. Il y en a bien une, mais il faudrait sauter. J'entends la respiration de mon père.

Il s'arrête à mi-hauteur de l'échelle. Ses yeux écarquillés, son silence et les tremblements de ses joues m'effraient autant qu'ils me donnent du courage. Je retiens mon souffle, fléchis les genoux, bras tendus, les yeux rivés sur la branche à atteindre, prête à bondir.

— Non ! crie mon père.

Trop tard. Je suis en l'air. La branche arrive à toute vitesse. J'atterris à plat dans les feuilles qui me fouettent le visage. Ma tête heurte le bois, la branche plie. J'attends le craquement, mais elle remonte et j'ai le réflexe de m'agripper pour ne pas être projetée par l'élasticité.

Ensuite, je rampe jusqu'au tronc et m'assieds à califourchon. Ma joue me fait mal, mon oreille siffle.

Mon père n'a pas bougé. Il a le visage d'une statue de marbre. Ses yeux roulent de peur. J'ai l'impression qu'il va s'évanouir. J'attends que mes jambes cessent de flageoler, puis je lance :

— C'est pas la peine ! Tu ne m'attraperas pas !

Il prend une grande inspiration et dit d'une voix faussement calme :

— Descends, Albertine. Tu ne seras pas punie. Je t'en donne ma parole.

— Non !

J'observe les arbres autour de moi. Trois sapins : impasses. L'issue serait un grand chêne, mais ses branches sont trop loin de l'arbre où je me trouve.

Mon père s'éloigne en emportant l'échelle, sans me regarder.

— Tu descendras ! dit-il. Tu descendras, ma fille !

— Jamais !

Heureusement qu'il n'a pas entendu les grognements de mon ventre vide.

Des sifflements venus d'en bas me font sortir de ma torpeur.

— Tine ?

— Oui ? Je suis là !

Sylvain apparaît sous l'arbre. Mains dans les poches, il hoche la tête avec un air admiratif.

— Alors t'es encore là-haut, King Kong ?

— T'as quelque chose à manger ?

— Désolé, j'y ai pas pensé. T'as faim ?

— Je meurs de faim.

— Ben, fais comme les écureuils, mange des noisettes ! Ou mange carrément l'écureuil.

Je me retiens de lui envoyer une bordée de noms d'oiseaux.

— Rapporte-moi quelque chose de la maison, s'il te plaît.

Il siffle un moment en donnant des coups de pied dans les feuilles.

— Sylvain ?

— D'accord, mais en échange, je peux entrer dans ta chambre et lire ce que je veux ?

— Comme si tu n'y avais pas déjà mis ton museau de fouine !

— Exact, mais... j'aime pas trop être dans ta chambre alors que toi t'es là-haut. C'est pas très réglo.

— Vas-y, fais-moi croire que t'as des scrupules ! Apporte-moi à manger et à boire. Tu peux prendre les livres que tu veux.

— Yes !

Sylvain se tortille à présent, mal à l'aise.

— Papa devient fou. Il tourne en rond, passe des coups de téléphone sans arrêt, hurle dans le combiné et raccroche au nez des gens.

— Il appelle qui ?

— Le maire, les pompiers, tout un tas de gens. La gendarmerie, aussi. Attends-toi à voir débarquer des hélicoptères. Allez... Tu descends quand ?

— Jamais, je t'ai dit ! Rapporte-moi à manger, grouille.

Il s'éloigne. Je lui crie :

— Sylvain ! Une corde aussi, une lampe de poche et... et un couteau.

— D'accord.

— Tu t'en souviendras ?

— Oui, oui !

Une question me vient soudain :

— Sylvain, papa sait que tu es venu me voir ?

Il hésite un instant.

— Non.

— Et Nours ?

— Il est au potager. Bon, je file, à tout à l'heure.

— Fais vite, hein !

— OUI !

Impossible de tenir plus longtemps, l'envie de faire pipi est trop forte. J'ai toujours rêvé de pouvoir faire comme les garçons, dans la neige, surtout ! Si mon père me voyait !

Je passe un long moment à me demander ce que je ferais si les pompiers ou les gendarmes venaient me chercher.

J'ai mal aux fesses et aux jambes. Le sang s'accumule dans mes pieds. Je dois bouger. D'ailleurs, je ne l'avais pas remarqué, mais adieu la deuxième chaussure ! J'ai dû la perdre en sautant sur la branche tout à l'heure.

Le soleil s'est couché depuis un moment. Il commence à faire sombre. Mon frère m'a oubliée, ou bien notre père lui a dit de monter dans sa chambre. Mais soudain j'entends sa voix en contrebas :

— Tine ? J'ai des trucs pour toi.

Une vague de joie m'envahit.

— Super !

Je descends de branche en branche jusqu'à me trouver à deux mètres au-dessus de mon frère.

Il tend un gros sac à dos. Je me couche sur la branche, mais il nous manque un mètre.

— Papa n'est pas là, dit-il, descends, tu remonteras ensuite.

Pourquoi me regarde-t-il si fixement ?

— Non. Jette-le.

— Je peux pas, il est trop lourd.

Il jette un rapide coup d'œil vers les buissons et je vois avec stupeur mon père en sortir. Je suis deux branches plus haut quand il pose l'échelle contre le tronc.

— Pardon, Albertine, dit mon frère tout bas, pardon !

Je suis sur le point de continuer mon ascension quand une idée me traverse l'esprit. Je désescalade au plus vite et me retrouve sur la branche où l'échelle est posée. Mon père est à mi-hauteur. Je pose mon pied sur le dernier barreau et repousse légèrement l'échelle. Mon père s'arrête et se cramponne aux barreaux. Ses yeux s'agrandissent.

— Je te jure que je la pousse ! dis-je.

Ses yeux lancent des éclairs.

— Pardon, Tine, gémit Sylvain. Je voulais pas…

— Tais-toi, Sylvain ! dit mon père sans me lâcher des yeux.

J'éloigne un peu plus l'échelle. Il s'agrippe et ses yeux se remplissent de frayeur.

— Descends, dis-je d'une voix dont la fermeté nous surprend tous les deux.

Barreau après barreau, sa colère devient rage. Barreau après barreau, ma détermination augmente. Il pose le pied à terre, retire l'échelle et s'éloigne, poings serrés, sous la voûte des feuilles où je le perds de vue.

Je me coule comme un chat vers le bas et me couche sur la branche la plus basse, sans quitter mon père des yeux. Là, je murmure :

— Le sac, Sylvain, grouille !

Le visage de mon frère s'éclaire. Il le ramasse en surveillant mon père, prend son élan et le lance. Je l'attrape et demande très vite :

— Nours a quitté la maison ?

— Non, il ne partira qu'à la fin du mois.

Les larmes montent aux yeux de mon frère qui se sauve en courant.

Mon père revient lentement, déterminé.

Il sait que je ne m'excuserai pas, pas plus que lui. Il tourne autour de l'arbre. Il fait désormais trop sombre pour que je puisse lire son visage levé vers moi.

Il finit par s'éloigner doucement. Ses pas hésitent. Quelque chose le retient, mais il ne fera pas demi-tour. Il ne fait jamais demi-tour. « Il faut des principes, Albertine ! Se tenir aux principes pour garder un cap. Coûte que coûte. Garder le cap ! »

Est-ce le murmure du vent qui se lève, que j'entends dans les feuilles, ou la voix de mon père ?

« Bonne nuit. »

J'ai envie que ce soit mon père.

J'ouvre le sac, sûre que mon frère l'aura rempli de pierres pour me faire une *bonne* blague. Mais la première chose que je trouve est une lampe frontale.

— T'as failli me faire piéger, mais tu te rattrapes ! T'es un malin, Sylvain !

Je l'allume et continue la fouille avec fébrilité. Une moitié de tablette de chocolat dans la bouche plus tard, je fais l'inventaire du trésor. À chaque découverte, j'ai un peu plus envie de l'avoir devant moi pour le remercier.

— Des boîtes de gâteaux à l'orange ;

— un pot de confiture de poires-vanille (ma préférée !) ;

— un gros morceau de pain de campagne ;

— couteau, fourchette, cuillère ;

— une corde à laquelle il a attaché le vieux grappin qui traînait à la cave depuis mille ans (T'es un as, frangin !) ;

— deux bouteilles d'eau, dont une avec du sirop (de cassis !) ;

— des bougies et deux briquets (Un jour, je t'embrasserai ! Mais bon, pas demain) ;

— une couverture en laine (Là, je t'embrasse!);

— une brosse à dents et du dentifrice (Très fort, pour quelqu'un qui se fait disputer par Nours tous les soirs pour avoir oublié de se brosser les dents…).

Je souris en me disant qu'il a mis dans le sac tout ce qu'il aurait aimé y trouver s'il avait été à ma place. C'est la première fois que j'admire son sens de l'organisation.

Mais en ouvrant une boîte en plastique au fond du sac, je comprends tout.

Des tomates farcies… encore chaudes!

C'est Nours qui a préparé le sac!

Les larmes montent. Tout devient flou autour de moi, comme dans un kaléidoscope.

Assise sur la branche, la couverture sur les épaules, j'ai beau ne pas porter les tomates dans mon cœur, je dévore celles-ci avec les doigts. Les oiseaux se sont tus. Le ciel s'obscurcit rapidement. Je suis dans la bulle de lumière que fait la bougie à mes pieds. Je me sens bien. Je n'en reviens pas d'être là, dans les arbres, seule. Mais la douleur d'un pépin de tomate coincé entre les dents me rassure: ce n'est pas un rêve!

Quelle heure est-il?

Je lave la boîte en plastique avec un peu d'eau et mange quelques gâteaux.

Me brosser les dents pour une fois est un plaisir.

Les battements d'ailes des chauves-souris passent tout près de la lumière de la bougie. Sylvain les déteste, il est persuadé qu'elles s'entortillent dans les cheveux et mordent pour boire notre sang. Je ne contrarie jamais son imagination quand elle lui fiche la pétoche.

J'écoute longtemps leur crépitement aigu. Je me lève, m'étire en bâillant et colle mon dos au tronc pour la nuit. Je remonte les genoux jusqu'au menton et ferme les yeux. Odeurs de mousse, de terre, de moisi. Odeurs d'animaux, aussi. Lesquels ?

Paniquée par un frémissement dans mes cheveux, je chasse un papillon de nuit.

* * *

Je me réveille soudain et ouvre les yeux dans le néant. Je tâte à côté de moi sans rien trouver. Où est ma table de chevet ? J'ai mal à la tête.

Je tends mes jambes douloureuses et crie en sentant le vide. Puis tout me revient dans un vertige nauséeux. J'appuie mon dos contre le tronc et m'agrippe à la branche sous moi. Mes yeux se font peu à peu à l'obscurité. Des pas résonnent quelque part. Mon cœur bat trop vite. Des craquements m'entourent, des bruissements de feuilles. Est-ce à des kilomètres, ou tout près de mon oreille ? J'ai l'impression d'être à une hauteur vertigineuse. Une branche craque au-dessus de ma tête. Je retiens un cri et me tasse, mais rien ne tombe. Quelque chose court dans les feuilles. Impossible de savoir ce que c'est, mais ça me semble énorme ! Aussitôt, les films d'horreur qu'on a regardés avec Camille et des copines me reviennent en mémoire. Je me mords les lèvres pour effacer les images de monstres à la bouche pleine de dents. Des craquements, des crissements, des grognements, des cris, des cavalcades me font tourner la tête de tous côtés.

Le souffle court, je fouille dans le sac et allume la lampe frontale. Je projette le halo dans toutes les directions. Mais la forêt se tait.

Je garde le faisceau braqué sur le bas de l'arbre. Les bruits reprennent, prudemment, mais rien ne traverse la lumière. Ils sont pourtant là, tout près !

— Bande de trouilleux, montrez-vous !

Mes yeux brûlent. Quelle heure est-il ? Je finis par éteindre et tente de trouver le ciel à travers les feuilles. J'aimerais voir l'aube. Une seule étoile est visible.

Une tristesse immense s'abat soudain sur moi. La solitude coule dans mes membres, intensifiant douleur et fatigue. Comment ai-je pu croire que je resterais plusieurs jours dans les arbres ? Je suis épuisée, effrayée. Mon dos me fait un mal de chien. Je chasse un insecte de mon bras.

Qu'est-ce que tu croyais, Albertine de Furetière ? Que les écureuils te feraient un nid géant ? Que les oiseaux se coucheraient sur toi pour te tenir chaud et que les moustiques se relaieraient pour t'endormir avec des histoires ? Ça oui, ils se relaient, mais pour tout autre chose !

L'aube, enfin ! J'ai cru que la nuit n'en finirait jamais. La plus longue de ma vie. Une nuit d'au moins soixante-seize heures !

J'ai toujours cru que la lumière venait du ciel, mais je me trompais. Les oiseaux lancent des couleurs, et la forêt leur répond avec des parfums. Je me laisse éblouir par des chants clairs qui résonnent, me traversent. Puis mon corps se réveille…

J'ai été piquée au cou, aux oreilles, aux mains, aux bras ! Je tends les jambes en grimaçant de douleur. J'ai l'impression d'avoir couru toute la nuit. Je me lève et me tiens contre le tronc. Ma tête tourne, je me sens sale, épuisée. Je regarde le sol avec envie. Ce serait tellement simple, de redescendre ! Mon père accepterait que je me repose toute la journée…

Mais il a chassé Nours ! Et il faudrait que je m'excuse alors que je n'ai fait que dire la vérité, et Sylvain se moquerait de moi parce que j'ai juré de ne plus jamais descendre. Mon père l'a dit lui-même, il faut garder le cap !

D'ailleurs, quel cap vais-je garder dans les arbres ? Et dans quel arbre suis-je ? Si j'avais fait ce fichu exposé, je saurais au moins si je suis dans un chêne, un hêtre ou un charme.

Je prends mon petit-déjeuner debout contre le tronc. Puis je range mes affaires dans le sac et passe un long moment à essayer d'envoyer le grappin jusqu'à une branche de l'arbre voisin, mais je ne parviens qu'à accrocher des rameaux trop faibles et m'énerve en mettant un temps fou à le récupérer. Je ne dois pas toucher la terre ! Je persévère… Et le grappin, après vingt tentatives, finit par s'enrouler autour de la bonne branche. Je crie de joie et passe avec succès et fierté d'un arbre à l'autre en me balançant comme Mowgli dans *Le Livre de la jungle*. La réception n'est pas très gracieuse et la rencontre avec le tronc me laissera de beaux bleus sur la cuisse et le bras, mais je suis passée !

Plus loin, les arbres sont petits et serrés. Malgré le poids du sac, je passe facilement de l'un à l'autre. Ils ploient sous mon poids, mais ne cassent pas. Je dois avoir l'agilité d'un sanglier obèse.

Le soleil perce soudain les feuilles, et la douceur de sa lumière coulant sur mon visage me fait sourire de bonheur. Les feuilles clignotent dans le vent frais. Les arbres deviennent toujours plus fins. Je poursuis ma route en serrant les dents. Quand les arbres sont vraiment trop jeunes pour soutenir mon poids, je descends à frôler la terre et saute sur un tronc couché.

Je résiste un instant à l'envie de m'allonger sur le matelas de feuilles mortes, quand un craquement dans les fougères m'effraie. Le cœur battant, je cours sans perdre l'équilibre jusqu'à un arbre immense en faisant tournoyer mon grappin et le lance vers la première branche où il s'accroche. Je me hisse, les pieds contre le tronc, en retenant mon souffle de peur de sentir quelqu'un attraper mon pied.

De nouveau assise sur une large branche, je soupire, rassurée, et fête mon succès en vidant une boîte de gâteaux à l'orange. Cette joie d'être dans les arbres ! de me sentir protégée ! Malgré les piqûres, les douleurs, les yeux qui brûlent de fatigue.

C'est le week-end. Moi qui cauchemardais à l'idée d'avoir un jour une heure de colle, j'ai séché une journée !

Sans livres, sans devoirs, sans personne à qui parler, je rêve. Je peux enfin le faire sans que personne ne me dise : « Il y a quelqu'un ? Revenez avec nous, je vous prie, Albertine ! »

J'observe les colonnes des fourmis dans les sillons profonds de l'écorce. Alertées par mon doigt, une goutte d'eau, un morceau de gâteau, elles préviennent les copines d'un événement incroyable. Pour passer le temps, j'invente à voix haute ce qu'elles peuvent se dire :

— Eh ! Monique 43 ! Regarde un peu ce que je viens de trouver !

— Ouah ! Un morceau de chocolat noir ! Trop d'la chance ! La reine va être dingue ! Tu m'en donnes un morceau ?

— Pas le temps, je le passe à Gustave 36 qui va le passer à Rodolphe 4729 qui va le passer à Henriette 602 qui va le passer à…

— Tine ?

Je sursaute et me colle au tronc. Voix de fille, estimée à une centaine de mètres. Au deuxième appel, je pousse un gros soupir de soulagement et crie :

— Camille ? Ici !

Je la guide jusqu'à moi. Quand elle se trouve au pied de mon arbre, on se regarde un instant sans rien dire. Je me sens ridicule. Comme si je fuyais ma meilleure amie.

Elle s'assied sur une souche et reste longtemps, le museau en l'air, visiblement impressionnée. Et j'en ressens une petite fierté.

— Ouah ! T'es montée comment ?

— Avec une corde de la balançoire que mon père a coupée.

— Ton frère m'a raconté.

— Sylvain ? Ah bon ?

— Comme t'étais absente, je l'ai attendu à la sortie pour avoir de tes nouvelles. D'abord, j'ai cru qu'il me faisait une blague, mais comme c'est pas trop le genre…

— Qu'est-ce qu'il t'a dit ?

— Que tu avais fugué dans les arbres parce que ton père a renvoyé Nours. Il a dit que tu ne descendrais plus jamais. C'est vrai ?

Je laisse passer un long silence avant de répondre :

— C'est ce que j'ai dit, ouais, mais là, franchement, je sais plus. J'ai passé la nuit la plus horrible de ma vie.

Elle ouvre des yeux immenses.

— T'as dormi… là-haut ?

— Dans un autre arbre, mais j'ai mal partout et des piqûres, je te dis pas ! Pire que la varicelle ! Je suis crevée.

Elle fait une moue, admirative.

— Le truc de fou ! J'ai même jamais dormi à la belle étoile, moi ! Comment t'as fait pour pas tomber ?

— J'étais assise sur une grosse branche.

Elle regarde la corde accrochée au-dessus de ma tête.

— Tu t'es attachée ?

— Euh, non. Mais c'est une super-idée !

Pourtant, aussitôt mon enthousiasme retombe. Je me sens abattue à l'idée de passer une autre nuit dans les arbres. Impossible !

— Je suis loin ?

— De chez toi ? Pas tellement, non. Trois cents, quatre cents mètres, à vol d'oiseau. Pourquoi t'es montée ? T'aurais pu venir chez moi. Je t'aurais cachée... T'aurais mieux dormi.

— J'ai pas vraiment réfléchi. C'est quand j'ai vu la balançoire coupée... Comment tu as su que j'étais là ?

— Sylvain m'a amenée.

Je fouille les buissons des yeux.

— Il est où ?

— Il espionne ton père pour savoir s'il prépare pas quelque chose pour te faire descendre.

Ses yeux sont fixés sur moi.

— T'imagines pas comme ton frangin t'admire ! Il avait les larmes aux yeux en racontant ta fuite. Il t'appelle Tarzane !

— Ouais, ben il a failli me trahir, le fumier de chevreuil ! Et Tarzane meurt d'envie de prendre une douche ! Ça me gratte partout !

— Je vais t'apporter des lingettes. T'as besoin de quoi d'autre ?

Elle sort un petit carnet et un stylo.

— Vas-y, tout ce que tu veux.

— Des chaussures !

— Fastoche. Baskets ?

— Non, talons hauts...

— Baskets... Et puis ?

— Un lit.

— Ça marche ! Double ?

— Ouais, et une douche !

— C'est noté.

— Et un livre pas trop lourd, pour reconnaître les arbres.

Elle lève les yeux, me regarde avec perplexité.

— T'es sérieuse, là ?

— Oui. Et un pantalon, des sous-vêtements, une montre.

— Tu veux un portable ?

— Euh, non merci.

— Comme tu veux. Quoi d'autre ?

— Toi !

Elle rit.

— Que je grimpe ? T'es folle ! J'ai le vertige.

Elle regarde autour d'elle et chuchote :

— Lance ta robe, je te donne mon jean.

— Elle est super sale !

— On s'en fiche ! Je la laverai chez moi.

— D'accord !

On éclate de rire, toutes les deux en sous-vêtements. Elle fourre ses habits dans sa veste en cuir, fait un nœud avec les manches et me la lance.

— Ta veste aussi ? T'es sûre ?

— Je sais que tu l'adores.

— Mais je risque de l'abîmer.

— Te gêne pas, si elle a des traces, elle paraîtra moins neuve.

Je souris, heureuse d'enfiler des vêtements qui sentent bon.

— Tu les as parfumés ?

Camille grimace en mettant ma robe.

— Non, mais toi, t'as dormi avec Poumba, ma parole ! Ouah !

Je m'assieds sur la branche, les jambes dans le vide. Elle se lève et s'étire. Alors, de nouveau, l'admiration qui se peint sur son visage atténue un peu le sentiment de solitude qui montait à l'idée de la voir partir.

— Et t'inquiète, pour les cours, je photocopie tout à la maison. Tu veux que je te les apporte ?

La lassitude me submerge une fois encore. Ce serait si bien de revenir chez moi avec Camille ! On marcherait lentement, en riant, bras dessus, bras dessous. Je lui raconterais les arbres, les lumières, les peurs. Comment pourrai-je tenir jusqu'à lundi ? *Garder le cap !* Super-principe, mon père ! Et toi, tu le gardes, le cap ?

— Je veux bien que tu me les apportes, ouais.

Elle s'éloigne de quelques pas, s'arrête et demande :

— Rien d'autre ?

— Heu… Un lance-pierre, peut-être.

— Un lance-pierre ? Sans blague ?

— Oui.

— Bon, je vais essayer de te trouver ça.

— Demande à mon frère, c'est un fortiche du bricolage.

Elle s'écarte encore et disparaît sous le feuillage.

— Camille ?

— Ouais ?

— Laisse tomber la montre, en fait !

— Sûre ?

— Certaine.

— D'ac. Je te rapporte tout ça dès que je peux.

Je suis le bruit de ses pas. La solitude me pèse moins que ce que je croyais, parce que je sais que mon amie reviendra avec de quoi me rendre la vie plus facile.

Du doigt, je suis une araignée-crabe. Elle se tourne, court à reculons, s'arrête, s'approche de mon ongle, se cache dans les rides de l'écorce.

— D'accord, je te fiche la paix.

Mais à peine ai-je retiré ma main qu'elle sort de sa planque et cherche mon doigt. Comme elle paraît déçue, je la taquine de nouveau. Si on m'avait dit que je jouerais un jour à cache-cache avec une araignée !

Une idée me traverse l'esprit comme une flèche enflammée : où serai-je quand Camille reviendra ? Comment me retrouvera-t-elle ?

Et si je restais ici, à l'attendre ?

Ce qu'il y a de bien, dans un arbre, c'est qu'on a le temps de réfléchir.

Pourquoi est-ce que je ne suis pas restée dans le premier arbre ? La réponse fuse comme une évidence : parce que je voulais m'éloigner de mon père.

Maintenant que je ne vois plus la maison, mon regard cherche les arbres cachés dans la pénombre. J'ai envie de tous les fréquenter, de leur grimper dans les bras, de fouiller leur chevelure verte. Voir ailleurs, avancer, aller toujours plus loin ! J'ai entrepris un voyage.

J'ai connu le même sentiment, il y a deux ans, pendant les vacances.

Comme mon père est tout le temps en déplacement, quand il est en congés, il veut profiter de la maison et se reposer. Mais il y a deux ans, avec Sylvain, et grâce à un petit coup de pouce de Nours, on a réussi à le convaincre d'aller à la mer.

Avec mon frère, on a marché sur le rivage. Papa est resté sur sa serviette. On est allés de crique en crique, toujours plus loin, pour voir la crique suivante, derrière les rochers, comme s'il avait pu y avoir autre chose qu'une autre crique. C'était plus fort que nous. Et après ? Et après ? Le soleil était couché depuis un moment quand on est rentrés. Mon père a fait une bonne crise. Yeux noirs et furio-mètre sur 9. Les jours suivants, on a dû rester avec lui sur la plage. Mon père en short, avec ses chaussettes blanches bien remontées et sa casquette de golf, nous a fichu la pire honte de notre vie. On n'a jamais demandé à retourner à la mer.

* * *

C'est un jour gris. Des parfums frais montent de la pénombre. Je me décide à changer de campement.

Le pantalon de Camille est un bonheur. Je ne m'accroche plus à la moindre brindille et je n'ai plus peur à chaque instant d'entendre le bruit du tissu qui se déchire.

Je traverse trois arbres sans avoir à lancer le grappin. Un frelon qui m'observe un moment en vrombissant autour de moi m'oblige à rester immobile.

— T'es qui, toi ? Un espion de papa ?

Il se sauve, comme s'il m'avait comprise.

Mon périple se complique soudain sérieusement. L'arbre dans lequel j'arrive est un colosse, mais il est trop loin des autres pour que je puisse atteindre la moindre branche, même avec mon grappin. Je monte jusqu'à la cime du géant qui domine les autres arbres.

Ma maison n'est pas visible et, devant moi, la forêt paraît sans fin.

Je redescends de quelques mètres. Impossible de faire demi-tour. Je me creuse la cervelle un bon moment sans que rien ne vienne. Impasse dans les arbres. Impasse dans la tête.

Une mésange au doux ventre jaune se pose juste à côté de moi. Elle m'observe, tête fine et penchée, au joli casque noir.

— Je sais, c'est pas souvent que tu vois une fille dans les arbres, hein ? J'aimerais bien avoir tes ailes…

Elle sautille vers moi.

— Attends, j'ai quelque chose pour toi. Ne t'envole pas. Tu vois, je pose mon gros sac à dos, je l'ouvre et j'en sors… un gâteau ! Ça te cloue le bec, ça, hein ?

Je pose des miettes entre nous. L'oiseau sautille, avale un morceau et s'éloigne aussitôt avant de revenir, haut perché sur ses petites pattes bien raides.

Mes yeux s'agrandissent tout à coup. Je me retiens d'applaudir de joie ! Cette petite bestiole de quelques grammes sur ses pattes-brindilles vient de m'offrir la solution pour passer d'un arbre à un autre sans toucher la terre : il me faut des échasses !

Je me suis toujours super très bien débrouillée sur ces engins en primaire, une vraie pro ! Je gagnais toutes les courses, vingt mètres devant les garçons !

J'attends qu'elle ait fini son repas et se soit envolée pour remonter vers la cime. Je trouve rapidement deux branches bien droites avec, pour chacune d'elles, un embranchement bas pour le pied. Ça fera l'affaire ! Mais les casser et enlever les branches inutiles ne sont pas une partie de plaisir, même avec mon couteau.

Quand j'ai enfin terminé, je descends avec mon sac à dos et mes deux pattes en bois sur la branche la plus basse. Là, je pose mes échasses à terre et monte dessus. Heureusement que je maîtrise l'outil, parce que je m'enfonce dans le sol mou et titube dans toutes les directions, sauf la bonne.

En sueur, hors d'haleine, je finis par atteindre l'arbre suivant. Là, j'abandonne mes instruments incommodes et retrouve les branches avec bonheur.

Une dizaine d'arbres plus loin, la forêt est plus dense. C'est un lieu sombre et sauvage, mais je me sens en sécurité dans les hauteurs. Pourtant, la crainte que Camille ne me retrouve pas me tracasse... Est-ce que je l'entendrai m'appeler ? Est-ce qu'elle arrivera à avancer au milieu des ronces et des fougères qui tapissent le sol ?

Je passe un long moment à suivre des mouvements dans les taillis. À chaque bruit en contrebas, je tends l'oreille. Un sanglier ? Un loup ? Je n'ai pas peur, les arbres me protègent, ils me portent et tendent les bras pour me laisser passer.

Le vent les fait murmurer :

« Tiens, regarde la petite, elle doit peser moins qu'un écureuil. »

« Elle ressemble plutôt à une escargotte, avec sa maison sur le dos ! »

« Non, regarde mieux : c'est une fugueuse. Elle fuit son père. »

J'ai des ampoules aux mains, des ongles cassés, des écorchures aux bras et mal sous les voûtes plantaires. J'ai bien fait de ne pas demander un miroir à Camille : sûre que des oiseaux pourraient faire un nid dans mes cheveux.

Deux biches mangent des glands sous un chêne. Alertées par mon odeur, elles tournent la tête en tous sens. Je m'écrie :

— Ohé ! je suis là, les filles !

Elles m'observent, oreilles en radar, mais ne s'enfuient pas. Je les regarde longtemps manger le lichen sur les troncs.

J'attends la fin du jour avec anxiété. Au crépuscule, j'arrive dans un arbre géant et je distingue un grand nid dans la fourche des plus hautes branches. J'irai voir demain s'il y a des œufs. En attendant, je mange des gâteaux, je me brosse les dents et je m'attache au tronc avec la corde.

Le soleil se couche. Je suis tellement fatiguée que j'ai l'impression qu'il est vingt-trois heures. Je bâille toutes les deux minutes et je lutte pour garder les yeux ouverts.

Juste avant de sombrer, je pense à mon père. Il repartira demain, son travail l'attend. Qu'est-ce que c'est que ce nœud qui me serre la gorge ? Du soulagement ou de la tristesse ?

Dans la nuit, des grognements entourent mon arbre. Mon cou me fait mal, mais le sommeil m'emporte de nouveau comme une pierre.

Soudain, une lumière vive filtre entre mes paupières : quelqu'un éclaire mon visage ! Mal réveillée, paniquée, je me débats en criant :

— Allez-vous-en ! Laissez-moi tranquille !

Mais il n'y a personne. Mon cœur se calme lentement. C'est le soleil qui perce les frondaisons.

Un cri d'oiseau me fait sursauter. Une buse énorme est posée sur la branche, juste au-dessus. Elles paraissent si petites quand elles volent… Mais là, à moins d'un mètre, on dirait un aigle !

« Tu ne peux pas savoir comme tu ressembles à mon père, avec ton œil sévère. »

Elle bat des ailes et tend le cou vers moi, bec ouvert. Je ne savais pas que les buses avaient une langue pointue. Si elle pouvait parler, elle crierait : « Dégage ! »

Je mets mes mains devant moi, par prudence, et je réplique en soufflant :

— Calme-toi, ma grande, j'ai compris, je m'en vais tout de suite.

Je me détache, roule ma corde, prends mon sac avec des gestes lents, passe de l'autre côté du tronc, longe la branche jusqu'à ce qu'elle ploie et saute dans un autre arbre. Je pose mon sac, reprends mon souffle et observe le bois à la recherche de mon prochain abri, quand un choc dans le dos me fait hurler de surprise. Puis la douleur fuse. On m'enfonce des objets pointus dans la peau !

Des clous ? Je hurle, perds l'équilibre et bascule dans le vide, bras écartés, dans un grand froissement d'ailes. Soudain, je comprends : la buse ! Elle m'a attaquée !

J'attrape une branche au vol et me balance, bras tendus, les jambes dans le vide, suspendue plus de dix mètres au-dessus du sol. Le rapace s'accroche à moi, se débat et me fouette les joues de ses ailes. Je tourne la tête pour éviter ses coups de bec et lance ma main au hasard dans mon dos en criant. Quand j'arrive enfin à attraper des plumes, je tire de toutes mes forces avec l'impression qu'on m'arrache la peau du dos. La buse, folle de rage, lance ses serres et son bec vers mon visage en sifflant. Nous crions toutes les deux et je la jette vers le sol. Elle pousse un dernier cri strident en tournoyant, se rétablit juste avant de toucher le sol et disparaît dans les frondaisons. Une plume virevolte un moment avant de se poser sur la terre.

Je reste accrochée à la branche par une main, abasourdie. Je n'ai pas peur, je n'ai plus mal. Après plusieurs essais, j'arrive à m'accrocher à deux mains. Je respire profondément. Alors, mes nerfs lâchent. Je les entends presque se briser. Je suis faible. Tout mon corps tremble. Un cri m'échappe :

— Papa !

Silencieuse, la forêt attend, guette ma réaction. Je regarde le sol. Les idées s'enchaînent froidement. Quand j'aurai lâché, je chuterai. Pendant trois secondes, je ne sentirai rien. Puis ce sera le choc. Et quelque chose cassera. Un bras, ou une jambe, ou les deux, avec un bruit de pain dur brisé. Est-ce que je crierai ? Je m'évanouirai sûrement de douleur. Je saignerai peut-être. Personne ne pourra me trouver. On me cherchera longtemps et, si je perds trop de sang, je mourrai.

Voilà, j'y suis, je l'ai pensé, très calmement. Je serai par terre et je ne respirerai plus.

— Tine ?

Mon frère appellera et je n'aurai pas la force de lui répondre. Ou bien ce sera mon père.

— Tine ?

La voix m'arrache à mes songes et j'ai envie de pleurer de joie.

— Sylvain ??

— Non, le pape en tongs ! T'es où ?

— Là ! Viens vite !

— T'es drôle, c'est où, là ?

Il peste et grogne :

— Punaise de ronces… Aïe… T'as vraiment choisi… aïe… le pire endroit… du monde ! T'as tout fait pour que je… aïe… me fasse mal ! Sadique !

La vue de mon frère en sueur, respirant comme une locomotive dans un western, me fait du bien.

— Bon, t'es où ?

— Ici, vite ! Dépêche-toi !

Il lève la tête et reste silencieux un moment.

— Tu joues à quoi, exactement, suspendue comme ça ?

— J'ai été attaquée par une buse, j'arrive pas à remonter sur la branche.

— Une *buse* ? T'es sérieuse ?

— Sylvain, c'est pas le moment de bavarder, là ! Il faut que tu fasses un grand tas de feuilles juste en dessous de moi.

— Un tas de feuilles ?

Je crie :

— Arrête de répéter tout le temps ce que je dis ! Fais ce que je te demande !

— Tu veux sauter dans les feuilles ? C'est vachement trop haut ! Tu vas…

— Grouille !!

Il se penche, trouve quelques feuilles entre les griffes des ronces et finit par se relever après une dizaine de « Aïe ».

— C'est impossible, y a trop de ronces !

Nous nous taisons un moment, alors que je concentre mes dernières forces dans mes doigts, pour tenir. Mais mes muscles se tétanisent. Sylvain finit par dire :

— Ne bouge pas, je rentre chercher Nours ! Dans cinq minutes…

Il a fait trois pas quand mon cri de détresse le glace :

— Non ! Ce sera trop tard. Reste. Je veux pas tomber toute seule.

— Mais… tu vas pas tomber !

J'entends son souffle rapide. Il dit d'une voix très douce :

— Tine, il faut que tu essayes de te hisser.

— J'ai essayé vingt fois déjà. Je vais lâcher, Sylvain.

— Non ! Tu peux pas lâcher ! Tu vas… tu vas te faire super mal et… et je peux pas te rattraper, t'es trop haut ! Tu dois essayer encore.

— J'y arrive pas.

Mes doigts sont blancs sur la branche. Je ne les sens plus, mais ils ne lâchent pas.

Mon frère crie entre ses larmes :

— Tine ! Essaye ! Je veux pas que tu tombes ! Tu dois remonter ! Respire bien à fond.

— Écoute…

— Non, j'écoute pas ! crie-t-il tout à coup. Maintenant, c'est toi qui m'écoutes ! Tu vas y arriver et c'est tout. Tu te concentres et tu respires, point.

— D'accord.

— À trois…

Il compte lentement, la voix au bord de la rupture :

— Un… Deux…

Je ferme les yeux. À « Trois », je me balance plusieurs fois sur le côté et lance ma jambe. Mon pied frôle la branche.

— Encore !

— Sylvain…

— Encore, merde !

Je recommence et ma jambe passe par-dessus la branche. D'abord, je n'y crois pas. Puis mon frère hurle :

— Ouais ! T'y es ! Allez !

Mes bras et mes mains me font mal, mais, centimètre par centimètre, je réussis à me hisser sur la branche. Alors, la joue sur l'écorce, je ferme les yeux, hors d'haleine. J'y suis !

Mon frère crie de joie et applaudit :

— T'as vu, hein, Tine ? T'as vu un peu ! Je l'savais ! On a réussi !

Il se laisse tomber sur le dos au milieu des ronces, qu'il ne semble plus sentir. Ses pleurs se mêlent à ses rires.

Nous nous regardons. Je ne sais pas ce qu'il pense de moi, mais à ce moment-là, moi, je l'aime très fort. Même s'il est hors de question de le lui dire, évidemment !

— T'es la meilleure, Tine ! Une tête de mule de première, un vrai rhinoféroce, mais t'y arrives toujours ! Tu m'as fichu une de ces trouilles, oh, punaise !

Il se relève en décrochant les ronces de ses vêtements, sans se plaindre.

— T'as dit quoi, tout à l'heure ? Une buse t'a attaquée, c'est ça ?

— Ouais.

Je m'assieds sur la branche et enlève la veste de Camille. Les griffes et coups de bec l'ont trouée à plusieurs endroits.

— Oh merde ! Je lui avais dit de pas me la laisser… Regarde ça, elle est fichue !

— Tu rigoles, elle est trop classe ! Une vraie veste d'héroïne ! Et en plus, si tu l'avais pas eue, t'aurais eu le dos dans un sale état… T'as mal ?

Je suis émue d'entendre mon frère s'intéresser à ce que je ressens. Il attend une réponse. Il l'attend vraiment.

— Un peu, oui.

— Montre.

Il fait le tour de l'arbre tandis que je remonte mon pull tout doucement.

— Je vois pas très bien, d'ici, mais y a du sang.

Je me rhabille.

— Papa est reparti travailler ?

— Non.

Je fouille la forêt, le cœur en alerte.

— Il est caché dans les fourrés, c'est ça ?

Il baisse la tête, gêné.

— Non. La dernière fois, il m'a forcé.

— Je m'en doute. Alors, pourquoi t'es venu, cette fois ?

— Ben…

Même à cette hauteur, je vois son front tout rouge.

— Je te manque, ou quoi ?

Il secoue vigoureusement la tête. Puis il lève son visage et dit tout bas :

— En fait, si. Tu me manques. Vachement, même.

J'ai soudain envie de le serrer dans mes bras. De lourdes larmes coulent sur ses joues. Il poursuit :

— C'est horrible, à la maison. J'aurais préféré que papa parte ! Il est pâle comme la mort. Il se rase plus. Il fait peur, j'te jure. Il reste pas assis trois secondes. Cette nuit, comme j'arrivais pas à dormir, je suis allé manger du chocolat en cachette dans la cuisine. Il était sur la terrasse, tout habillé.

Mon frère regarde autour de lui, comme si notre père pouvait l'entendre, et il dit à voix basse :

— Il fumait.

— Quoi ? Il fumait ? T'es sûr ?

— Certain. Ça m'a tellement scotché que j'ai laissé tomber le chocolat. Il m'a entendu, est rentré et, tu sais quoi… il m'a même pas grondé ! Il m'a juste dit : « Va te coucher, Sylvain, il est tard », avec une voix douce.

Il s'essuie le visage dans la manche.

— Mais le pire, c'est Nours.

— Quoi, Nours ? Il fume aussi ?

— Non, mais tu le reconnaîtrais pas, Tine.

J'attends qu'il poursuive.

— Ça s'est passé hier soir… Avec papa, on est rentrés dans la cuisine, Nours était en train de faire la vaisselle. Quand il s'est tourné vers nous, d'abord, je te jure, j'ai cru que c'était un étranger qui lui ressemblait.

Il prend une grande inspiration et ajoute :

— Il a rasé sa moustache.

— Non !

— Si.

— Mais… pourquoi ?

— Quand papa le lui a demandé, il a répondu que c'était pour te soutenir, sa manière à lui de montrer son désaccord. Papa n'a rien dit. Nours m'a fait un clin d'œil et a dit tout fort, pour que papa entende, que les changements, parfois, ça a du bon. Et moi j'ai pleuré. Il… il est tellement pas beau sans sa moustache, Tine! J'ai jamais vu quelque chose d'aussi triste.

J'essuie mes larmes dans ma manche, avec rage.

Mon frère passe d'un pied sur l'autre.

— Tine, tu descends quand?

Je hausse les épaules.

— Je sais pas. J'ai un peu mieux dormi cette nuit, mais j'ai mal partout et je rêve d'une douche. Et d'une paire de chaussures!

Son visage s'éclaire.

— Punaise, j'allais oublier, j'ai des trucs pour toi.

Il se frotte les mains.

— Envoie le grappin.

Il y accroche un sac qu'il avait sur le dos. Je le monte, l'ouvre avec fébrilité et trouve un paquet de lingettes, une paire de chaussures, des chaussettes, ma brosse à cheveux, plusieurs boîtes de gâteaux et des sandwichs jambon-œuf-concombres: mes préférés! Le bonheur gonfle ma poitrine.

— Génial! Tu remercieras Nours!

Son visage se froisse. Il répond sèchement:

— Là, tu te trompes. C'était *mon* idée!

— Même les sandwichs?

— Tout!

— Excuse-moi, c'est parce que le premier sac…

Il hoche la tête.

— Cette fois, Nours sait même pas que je suis venu.

— Merci beaucoup.

Il récupère le sac, le met sur ses épaules et reste un moment les mains dans les poches.

— T'as besoin d'autre chose ?

— Euh… de culottes.

Il rit bêtement.

— Trois, s'il te plaît.

— D'accord. Tu veux pas un livre, aussi ?

— Non merci. Tu sais, je m'ennuie pas. Le temps passe super vite là-haut. J'aime bien ne pas avoir l'heure, je me sens jamais pressée.

— Tu penses continuer de quel côté ?

Je réfléchis un moment avant de répondre :

— Je sais pas.

— Tu veux que je t'apporte une carte ? Y en a une dans le bureau de papa.

— Laisse tomber, je pourrais pas savoir où je me trouve.

— Mais si, avec une boussole ! Au moins, tu pourras connaître ta direction, c'est hyperfastoche, je t'apprendrai.

— Non, je préfère me laisser guider par les arbres.

Il me fait un petit signe de la main.

— Bon, ben… à demain, alors.

— Attends ! Tu as lu tous les bouquins de ma chambre ?

Il baisse la tête et répond tout bas :

— Je lis plus, en ce moment.

— Même pas *Les Corneilles rouges* ?

— Non.

— Demande à Camille, elle peut te rapporter d'autres trucs.

— Pas la peine.

Il hésite avant de dire d'une voix mal assurée :

— Je lis plus, j'écris.

Comme il ne se décide pas à poursuivre, je lui demande :

— T'écris quoi ?

Il hausse les épaules, le front rouge.

— Une histoire.

— T'es mignon, gros malin, j'imagine bien que c'est pas un dictionnaire… L'histoire de quoi ?

Il ouvre et ferme plusieurs fois la bouche, comme un poisson hors de l'eau, et finit par répondre :

— C'est l'histoire… d'une fille qui fugue dans les arbres.

Éberluée, je balbutie :

— Tu… te fiches de moi ? Hein ? C'est une blague ?

— Allez, j'me casse ! dit-il en s'éloignant. Et fais gaffe aux buses, hein ?

L'ATTAQUE DU GIGANTESTE RAPACE

Mat s'enfuit de chez lui. Il ne se retournais pas même si son père le poursuivais en lui disant de revenir. Mat arriva dans la forêt pleine de ronces et d'orties, mais ça ne l'arrêta pas car il était en mission et quand il était en mission, rien ne pouvait l'arrêté.

Une guêpe le piqua et il évita de justesse une vipère et il entendit un cri qui venait du fond de la forêt. C'était sa sœur. Il cria :

— Clémentine !

— Dépêches toi, un aigle m'a attaqué ! Je vais tombé !

Mat courut encore plus vite et arriva juste a temps car le giganteste rapace avait attrapé sa sœur avec ses terribles serres et essayait de la faire tomber.

Alors Mat n'hésita pas, il sortit son lance-pierres et trois billes et cria :

— Quand je te le dirais, baisse la tête !

— D'accord, répondit tout de suite sa sœur car elle faisait confiance à son frère.

Mat visa. La première bille fraula l'aile de l'aigle. La deuxième cassa une branche, mais c'était parce que sa sœur et l'aigle bougeaient tout le temps et qu'il ne fallaient pas blesser sa sœur. Elle aurait été capable pour se venger de lui avoir fait mal de lui faire mangé de la bouillie de limaces pendant dix ans. Sa sœur était terrible, mais Mat l'aimait bien quand même.

Il restait une seule bille. Il ferma un œil pour mieux viser comme dans les films de guerre et attendut que l'aigle arrête de battre des ailes.

— Dépèche-toi ! hurla sa sœur. Je ne tiens plus !

Mat tira et la bille atteindit le cou de la bête qui lâcha Clémentine, mais la bête fonça sur le garçon pour se vengé. Heureusement, Mat trouva une branche et se défendut en donnant de grands coups et l'oiseau finit par se sauver.

Ensuite, Clémentine le remerçia, mais Mat était triste, car elle refusait toujours de descendre et il devait rejoindre son père a la maison et son père était un monsieur très sévère qui ne souriait presque jamait.

Avant même que la nuit vienne, tout mon corps hurle de fatigue. Je serre les dents et retiens un cri de douleur quand le sang séché dans mon dos se décolle de mon pull. Pourtant, je me sens calme, apaisée. Je dévore une boîte de gâteaux et monte le plus haut possible dans l'arbre pour ne pas être vue pendant ma toilette. La fraîcheur des lingettes me fait frissonner, mais quel bonheur ! Et quelle horreur en voyant la couleur des lingettes ! Je devais sentir le bouc ! Heureusement que mon frère était loin de moi !

Mettre des sous-vêtements propres est un délice !

La forêt me semble maintenant plus accueillante, moins hostile. Les couleurs changent. Il faudrait un nouvel adjectif par minute pour décrire la lumière qui décline, se chargeant de vert. Il doit y avoir autant de tons différents que de mots inuits pour décrire la glace. C'est drôle qu'on soit plus intéressés par ce qui se passe à l'autre bout du monde que par ce qui se trouve à quelques mètres de chez soi.

Une chouette lance son hululement à quelques branches de moi. Les autres oiseaux se taisent. Des pattes invisibles se mettent en marche. Les yeux fermés, je suis les chemins de murmures, de grognements.

Je m'assieds, m'entoure avec la corde, m'enveloppe avec la couverture et me laisse engourdir.

* * *

Tout à coup, des griffes se jettent sur mon visage. Je saute d'une branche à une autre en faisant des bonds prodigieux. Mon frère, en bas, court en m'encourageant. Mon père est assis sur une branche au-dessus de moi, je passe sous son regard sévère.

— Aide-moi, papa !

— Je n'ai pas le temps, Albertine. Je suis un homme pressé.

Mon propre cri me réveille. Je mets un long moment à apaiser mon cœur.

Des pas ! Je ne peux pas me tromper, cette fois. Des pas humains dans les feuilles. Les yeux écarquillés, je fouille la nuit, mais je ne vois rien.

— Qui est là ?

Plus rien ne bouge, à présent. Le visiteur s'est immobilisé. J'attends longtemps avant de me détendre. Quand je respire à nouveau, les pas s'éloignent. Il y avait bien quelqu'un, tout près.

* * *

Je change de position en évitant de toucher le tronc avec mes blessures. Quand j'ouvre les yeux, je remarque que mon frère est assis au bas de l'arbre, contre le tronc.

— Sylvain ? On se quitte plus !

Il se lève.

— Ah ! punaise, tu faisais un sacré dodo ! J'ai cru que tu faisais semblant de ne pas me répondre.

— C'était toi, cette nuit ?

— Quoi ? Où ?

— Il y avait quelqu'un sous l'arbre. J'ai entendu des pas…

— Tu crois vraiment que je vais venir la nuit dans la forêt ? T'es zinzine ?

— Qu'est-ce que tu fais là ? Il est tôt, non ?

— Impossible de dormir. J'ai rêvé au moins cent fois que tu tombais. Rien à faire, il fallait que je vérifie que tu allais bien.

— Moi aussi, j'ai fait des cauchemars.

— J'ai apporté de quoi soigner ton dos, regarde.

J'ouvre de grands yeux.

— Sérieusement ? T'es venu pour ça ?

— J'ai raconté ce qui t'est arrivé à Nours. Il m'a tout préparé.

Il lève le sac et le secoue.

— Le seul problème, c'est qu'il faut que tu descendes…

— Non ! Toi, tu montes !

Il secoue furieusement la tête.

— Oh que non !

— Dans ce cas, envoie le sac, je me débrouillerai.

— Comment tu veux te soigner dans le dos ? T'as même pas de miroir !

— Tu m'en as pris un ?

Il se renfrogne.

— Nours m'a dit qu'il fallait que je te soigne ! Il m'a tout expliqué. C'est moi qui te soignerai !

— Sauf que tu veux pas monter !

— … Et que t'es trop têtue pour descendre !

Il se laisse glisser contre le tronc, bras croisés.

— T'es chiante, Tine ! Nours a dit que si on ne mettait rien sur tes plaies, ça pouvait s'infecter et que tu devrais aller à l'hôpital et zou ! fin de l'aventure.

— Bon, attends… Je vais trouver une solution.

Je traverse trois arbres jusqu'à un quatrième dont la branche la plus basse n'est qu'à deux mètres du sol.

Je m'assieds, attache la corde et descends le grappin jusqu'aux pieds de Sylvain.

— Ça va comme ça ? C'est pas trop haut pour toi ? Allez, viens.

Mon frère grimace un sourire.

— Tu rigoles ! Comment tu veux me monter avec ça ?

— Grimpe, tu verras bien.

Il se tortille les doigts.

— Tu lâcheras pas, hein ?

— Grimpe, je te dis !

Il pose les pieds dans le grappin posé à terre et s'accroche comme un désespéré à la corde.

Je me lève, passe la corde par-dessus la branche au-dessus de moi et hisse mon frère lentement.

— Vas-y doucement, d'accord ?

Arrivé à mon niveau, il me rejoint sur la branche et me serre à m'étouffer. Le corps très raide, il avance, centimètre par centimètre, jusqu'au tronc. La sueur coule sur sa nuque. Il serre le tronc et reprend son souffle. Je lui fais un grand sourire.

— Alors, docteur Flip, on passe aux choses sérieuses, oui ou non ?

Il me lance un regard noir. J'ouvre le sac, mais il me le prend les mains.

Un souvenir me revient soudain et j'éclate de rire :

— Dis donc ! Tu te souviens de la trousse de docteur ? Celle que Nours nous avait offerte ?

Il cherche un moment, puis un sourire gêné monte sur ses lèvres :

— Tu parles ! Tu voulais tout le temps que ce soit toi le docteur et moi le patient, et tu me menaçais toujours de me mettre un suppositoire !

— Exact ! Mais tu ne voulais jamais partager le stéthoscope. Et tu disais « pétoscope »...

Il rit de bon cœur.

— Un outil pour mesurer la vitesse des pets ! Bon, maintenant, ajoute-t-il plus sérieusement, on arrête de rire, je vais t'ausculter.

Je m'assieds en lui tournant le dos. Il tire doucement sur mon pull. Je gémis.

— Aïe, c'est collé, constate-t-il.

— Vas-y d'un coup.

— T'es sûre ? Tu vas avoir super mal.

— Vas-y, je te dis !

— Bon, à trois…

Je serre les dents et ferme les yeux.

— Un… Deux…

Il tire d'un coup sec. Des éclairs bleus passent sous mes paupières.

— Ça va ?

Je respire plusieurs fois, bouche grande ouverte, avant de demander :

— Alors, ça ressaigne ?

— Non, ça va… mais… Punaise, t'as de ces trous !

— Elle avait un nid à défendre, cette buse, elle allait pas me faire un câlin… Bon, qu'est-ce que tu veux mettre dessus ?

— Attends, Nours m'a fait un petit papier.

Il le sort de sa poche et lit :

— D'abord, nettoyer.

— Avec quoi ?

— J'ai des cotons et un désinfectant. Nours a dit qu'il piquait pas trop.

Le froid du coton mouillé me surprend. La douleur me tend et me fait serrer les dents.

— Désolé, souffle-t-il, bouche tordue.

— Ça va, t'inquiète.

Il retient sa respiration, comme s'il souffrait pour moi.

— C'est pas joli-joli.

— Toi non plus, t'es pas joli-joli.

Il pouffe.

— T'es bête.

Pendant qu'il laisse le coton posé sur les plaies pour mieux faire agir le désinfectant, je lui demande :

— Raconte… Est-ce que papa est encore là ?

— Oui.

Je n'arrive pas à retenir la question qui me tord le ventre :

— Et comment va Nours ?

Mon frère retire le coton et souffle doucement sur ma peau.

— Il prépare ses affaires. Il part bientôt.

Il ajoute, après un temps :

— L'autre soir, je les ai surpris en train de discuter dans la cuisine. Ils parlaient de toi. Papa a dit que t'étais montée dans les arbres pour défier son autorité, et Nours a répondu qu'il se trompait. Tu connais papa, j'ai cru qu'il allait se mettre en boule ! Mais en fait non, il a rien dit ! Ensuite, Nours lui a demandé comment il allait s'organiser pour l'école, le collège, et papa a dit qu'il ne savait pas encore, mais qu'il trouverait bien. Et après, il a dit tout bas que ses mots avaient dépassé sa pensée, qu'il avait parlé trop vite en lui demandant de partir. Et tu sais quoi, j'ai même cru qu'il allait s'excuser. Mais pour finir, il lui a dit qu'au point où on en était, il fallait aller au bout. J'ai pas compris au bout de quoi. Ensuite, je suis remonté en quatrième vitesse parce que Nours est sorti de la cuisine.

Il pose un pansement sur chacune de mes blessures, puis descend mon pull très délicatement sur mon dos.

— Ça y est, c'est propre. Finalement, c'est cool, docteur, ça me plaît bien comme métier. Mais bon, si ça pouvait être ailleurs que dans les arbres…

— Merci de m'avoir soignée, Sylvain, mais si un jour tu deviens médecin, va falloir te blinder un peu plus à la vue du sang.

Je me retourne et remarque ses yeux brillants. Il me demande d'une voix plaintive :

— Pourquoi c'est devenu comme ça, Tine ? On dirait… on dirait que tout est cassé. On est tout seuls. Tous les quatre tout seuls. Et bientôt Nours sera plus là pour nous consoler.

Son menton se crispe. Les larmes coulent. Je lui lève la tête.

— Papa ne nous déteste pas, mais il ne voit pas qu'on grandit, qu'on se pose plein de questions. Il croit qu'on est trop jeunes pour comprendre les choses.

— Et tu crois que c'est en restant dans les arbres que tu vas le changer ? Je te préviens, Tine, pas question que je me retrouve tout seul avec lui à la maison quand Nours sera parti, tout ça sous prétexte que tu veux plus descendre !

— C'est pas que je *veux* pas. Je *peux* pas, Sylvain, pas encore, sinon, ça aura servi à r…

Il crie :

— Mais *ça sert* à rien ! Tu vois pas ? J'arrive plus à dormir ! Papa non plus ! Je le reconnais plus avec sa barbe ! Il parle plus, il fume toute la nuit. Il reste pendant des heures à regarder le vide avec les lèvres qui remuent comme s'il parlait à des fantômes. On est tous en train de se transformer en zombies !

Il me prend la main. Sa voix se fait suppliante :

— Allez, descends avec moi, Tine, s'il te plaît. Dis pas non, j'arriverai plus à retourner à la maison. S'il te plaît !

J'embrasse sa main et je me retiens de pleurer.

— Pas maintenant, mais je descendrai…

— Quand ?

Son visage mouillé est rempli d'une attente qui me fait plus mal que les blessures dans mon dos.

— Quand papa aura changé.

— Tine ?

Cette voix ! Cette voix qui m'a tant manqué !

— Nours !

Je descends de trois branches et, quand il apparaît, visage levé vers moi, mon cœur s'emballe. Je mets la main sur ma bouche. Sylvain n'avait pas menti, sa moustache a bel et bien disparu.

— Je suis si affreux que ça, sans moustache ? demande-t-il.

Je mets un moment avant de pouvoir lui répondre :

— Ben…

— J'aime ton honnêteté !

Il regarde autour de lui et lève de nouveau la tête.

— Comment va ton dos ?

— Ça va. Sylvain m'a soignée.

— Il en était malade, de te voir comme ça. Il faut voir ses yeux quand il parle de toi, tu sais !

— Il m'a bien aidée, en tout cas.

Nous restons de longues minutes au bord des mots que nous n'osons pas prononcer.

Il s'élance le premier :

— Tine… Je m'en vais demain.

Je retiens mon souffle et ferme les poings.

— Allons, calme ta colère, ma belle.

— Je ne veux pas que tu partes !

Il soupire, en haussant les épaules :

— Le plus bizarre, c'est que personne ne le veut vraiment, je crois. Pas même ton papa, au fond.

— Alors pourquoi… ?

— Tu le connais. Il a ses principes. Des principes qui l'ont aidé à garder le cap après la mort de ta maman.

— N'empêche qu'on va te perdre à cause de lui ! Il a tout cassé ! Je m'en fous de ses principes, quand ils nous font mal !

— Ne sois pas trop sévère, Tine. Lui aussi a mal, et sans doute bien plus que nous.

— N'empêche que c'est à cause lui qu'on en est là !

Il secoue la tête et son sourire grandit, me transperce le cœur. Je ne veux pas qu'il s'éloigne, qu'il sorte de ma vie. Je hais mon père !

— Non, Tine, je peux pas te laisser dire ça. On y est tous pour quelque chose dans cette aventure. Sauf ton frère, quoiqu'il y participe pleinement, désormais, et avec courage.

— Comment ça ? Tu n'as rien fait, toi.

— Bien sûr que si, ne sois pas nigotte. Je ne savais pas que ton père se mettrait dans un état pareil, mais je me doutais bien que cette histoire de balançoire le remuerait aux tripes, que tout ça ne serait pas sans conséquences. Et tu le savais aussi.

Ça n'est pas une question. Inutile d'acquiescer, pourtant je le fais quand même, pour moi.

Les mains dans les poches, Nours passe d'une jambe sur l'autre.

— Bon, écoute, ma grande, je sais que tu seras prudente et je n'ai pas de conseils à te donner. Mais s'il t'arrivait quelque chose, mon petit bison…

— Je fais attention.

Il passe sa manche sur son visage et se détourne.

— Je sais. Tu n'as jamais manqué de détermination ni de courage.

Il se tourne et s'éloigne d'un pas lent.

Mes larmes coulent. Mon ventre se serre un peu à chaque pas que Nours fait, d'abord à reculons, puis en me tournant le dos. J'aimerais être à ses côtés, lui prendre la main.

— Nours ! Noouurs !

— Je ne serai pas loin, ne t'inquiète pas. À bientôt, Tine.

Il lève la main sans se retourner.

Je suis en train de contourner une clairière quand des halètements m'alertent. Je me colle au tronc et retiens ma respiration.

Cette fois, c'est la voix de Camille que j'entends. Elle arrive en courant, le visage tout rouge, les cheveux défaits.

— Qu'est-ce qui t'arrive ? T'as croisé un ours ?

— Non… C'est juste que j'ai couru comme une folle.

— Punaise, j'ai cru que tu reviendrais jamais.

— J'ai essayé de le faire avant, mais c'est tendu avec mes parents en ce moment.

— Pourquoi ? Ils ont remarqué qu'il te manquait un jean ?

— Aussi, oui, mais ça, c'est un détail.

— Alors pourquoi t'es dans cet état ?

Elle semble hésiter.

— Parce que t'es en danger, je crois.

— Hein ? Qu'est-ce que tu racontes ?

— Mika et sa bande ont chopé ton frère à la sortie du collège. Ils l'ont encerclé et se sont fichus de lui. Quand je suis arrivée pour l'aider, j'ai juste entendu Mathys qui disait : « T'inquiète, pygmée, on va la faire descendre, la singe, tu vas voir ! »

— Les salauds... Ils l'ont pas frappé, au moins ?

— Non, poursuit Camille, mais ton frère a fait une vraie crise de nerfs. Il hurlait comme un dingue, si t'avais vu ça !

— Mais qu'est-ce qu'il faisait devant le collège ? Je pige pas.

— Ben, il voulait me parler.

— Et puis comment ces imbéciles savent que je suis dans les arbres, d'abord ?

Elle hausse les épaules.

— Tout le monde le sait.

— Quoi ?

Elle a l'air un peu confuse.

— Ben oui, ton frère l'a dit au frère de Luc Michon, un cinquième, et c'était lancé. Depuis trois jours, c'est la folie, on parle que de toi. Faut dire que tu détiens le record de la plus longue fugue ! Et la plus folle !

Mon ventre se transforme en bloc de pierre.

— Camille, est-ce que Mika et sa bande savent où je suis ?

— Je pense pas, mais je suis prête à parier qu'ils vont pas tarder à se mettre à chercher.

— Ils t'ont pas suivie ?

— Impossible, avec le détour monstrueux que je viens de faire. Et en courant à fond ! Je suis prête pour les JO !

— Au fait, t'as pensé à demander à Sylvain, pour le lance-pierre ?

— Ouais, je t'en ai apporté un. Et tout ce que t'avais demandé. Sauf le lit et la douche, quand même...

Je descends le grappin.

— Super. Accroche le sac par l'anse, s'il te plaît.

Je le remonte et trouve immédiatement le lance-pierre. Un objet parfait. Dragons pyrogravés sur la poignée. Une merveille !

— Du grand Sylvain !

— Ouais, je l'ai essayé avec une bille, j'ai fait un trou dans le mur de la maison... Fais gaffe, il est méga-puissant.

— Tant mieux. Merci pour le pantalon. Je te rends les chaussures, Sylvain m'en a déjà filé une paire.

— Il est géant, ton frère, en fait. Punaise, j'aimerais bien avoir le même.

— Ben... j'aurais jamais pensé dire ça un jour, mais c'est vrai qu'il est chouette, parfois. En tout cas, là, faut avouer qu'il assure.

Je prends une profonde inspiration, pose la veste de Camille dans le grappin et la descends sans un mot.

— Non, proteste-t-elle. Garde-la, t'inquiète...

Je secoue la tête, incapable de dire quoi que ce soit. Une fois que la veste est parvenue à ses pieds, Camille la prend, la retourne. Sa bouche s'ouvre toute grande. Elle me regarde, les yeux immenses.

— Oh… bordel de punaise de… Mais… qu'est-ce qui s'est passé ? T'as été attaquée par quoi ?

— Une buse, j'ai rien pu faire. Elle m'a attaquée dans le dos. Pardon, Camille.

Elle me fixe un long moment, très pâle.

— Et… t'as rien ?

— Si, mais ça va mieux maintenant, mon frère m'a soignée.

Camille tourne et retourne encore sa veste, bouche bée.

— Je suis vraiment désolée, je t'avais bien dit que…

— Non mais… tu rigoles ! éclate-t-elle. C'est… c'est un truc de dingue comment elle est classe comme ça !

Elle la met, les joues en feu de plaisir :

— Une buse… Le truc de malaaaaade !

Elle enlève la veste et la tient à bout de bras pour la troisième fois.

— Des serres de buse ! J'y crois pas ! Faudrait lancer une mode, j'te jure !

— Et… tes parents ? Ils diront rien ?

— De toute façon, c'est la guerre avec eux, alors une bombe de plus ou de moins…

Elle contemple encore la veste un bon moment avant de dire :

— Eh ! t'as vu ? Je t'ai aussi apporté un livre sur les arbres, je l'ai pris au CDI. Je te raconte pas la tête de madame Lourdien... Elle savait parfaitement où irait son livre, si tu veux mon avis. Mais elle a fait aucun commentaire.

Je sors des chaussettes et un pull du sac.

— Super ! Merci beaucoup.

— Tu parles, c'est rien. Envoie ton linge sale, je le donnerai à Sylvain.

Je me change rapidement.

— Merci, ça fait du bien d'avoir l'impression d'être propre !

— T'as trouvé la pochette ?

Je la sors.

— C'est les cours. J'ai tout photocopié.

— Oh, cool !

— Enfin bon, c'est peut-être pas trop le bon endroit pour réviser...

— Si, si. Je veux pas prendre de retard.

Elle dit en riant :

— Tu fais pas l'école buissonnière, toi. C'est carrément l'école forestière !

— C'est vrai. Et tu peux pas imaginer tout ce que j'ai déjà appris en quelques jours. Je suis mauvaise pour le nom des arbres, mais je sais reconnaître les branches sèches ou malades sur lesquelles je dois pas marcher. Et les animaux me fuient pas ! C'est comme si je faisais partie de la famille…

— Pas de celle des buses, en tout cas… dit-elle en levant encore sa veste. Comment elle est claaaaasse !

— Modèle unique, dis-je avec une petite moue satisfaite. Mais me demande pas de t'en faire une autre, hein !

On rit.

— Reste quand même pas trop longtemps là-haut, dit-elle, t'as des poils roux qui commencent à te pousser au bout des oreilles…

— Les écureuils m'aiment pas trop non plus, figure-toi. Ils ont encore plus mauvais caractère que moi ! Bon, tu vas devoir y aller, non ? Merci encore pour tout ce que tu m'as apporté.

— Bah, de rien, c'est normal entre copines.

Elle regarde autour d'elle et ajoute à voix basse :

— J'espère que les idiots du collège viendront pas t'emmerdifier. Fais gaffe…

— Je saurai me défendre maintenant que j'ai le lance-pierre.

— Bon allez, je décolle. Je reviendrai bientôt. Bon courage, Tine, prends soin de toi !

Puis elle s'éloigne à reculons en me faisant un petit signe.

Je passe le reste de la journée à tenter de nommer les arbres. Grâce au nouveau livre, je reconnais facilement les épicéas, que j'ai toujours appelés sapins, les hêtres, les frênes, les chênes et les érables. Je mets un moment à trouver un tremble, dont les feuilles clignotent au moindre souffle de vent.

Un bruit se fait soudain entendre dans les fourrés. J'attrape le lance-pierre et me couche sur la branche. Puis je ferme les yeux et frappe plusieurs fois l'arbre de mon front en murmurant :

— J'ai pas pensé aux munitions. C'est pas vrai !

Heureusement, ce n'est qu'un renard, cette fois. Quand sa tête sort des buissons, je soupire. Il renifle en tordant son museau. Il me sent, mais ne sait pas où je suis.

Il s'extrait prudemment, les yeux mi-clos, les poils du dos hérissés, les oreilles dressées. Je souffle vers lui. Il lève aussitôt la tête, oreilles en alerte, pétrifié.

— Tu es très beau, toi.

Au bout de quelques secondes, il disparaît dans les fougères. Dommage.

Je murmure pour moi-même :

— Bon, passons aux choses sérieuses… Il faut trouver au plus vite de quoi canarder ces crétins !

Et quoi de plus logique que d'envoyer des glands à des glands ?

Je traverse trois arbres avant d'atteindre un chêne. Pas un seul gland dans le feuillage ! Peut-être qu'ils sont tous par terre ? La branche la plus basse est un long bras arqué qui frôle le sol. En fouillant dans les ronces, j'arrive, du bout des doigts, à ramasser une dizaine de munitions. Je me déplace le long de la branche et finis par en avoir assez dans les poches pour assurer ma défense en cas d'attaque.

Je remonte aussitôt dans les hauteurs et passe dans un arbre moins facile à escalader.

Là, j'attends, silencieuse, tendue, le cou douloureux à force de tourner vivement la tête au moindre mouvement dans les taillis. Mais personne à l'horizon.

Le crépuscule descend quand j'arrive enfin dans l'arbre parfait pour une nuit à l'abri. C'est un aulne, qui a poussé au milieu d'un marécage de boue noire. L'odeur est forte mais, au bout de quelques minutes, je ne la sens plus.

Ça me fait un pincement au cœur de relire à la lampe frontale les cours laissés par Camille. J'ai l'impression d'être en exil.

Je suis en pleine lecture d'un extrait du Déluge avec Noé sur son arche, quand des grognements se font entendre au bas de l'arbre. Incroyable : vingt sangliers pataugent dans la boue, avec des bruits que même Nours n'arrive pas à imiter quand il veut nous faire comprendre qu'on mange la bouche ouverte ! C'est un concert de ronflements, de cris stridents, de grognements. Impossible d'être tranquille. C'est le truc le plus dégoûtant et flippant que j'aie jamais entendu de ma vie ! La lampe ne leur fait pas peur et deux glands envoyés sur le dos d'un gros mâle ne lui font même pas lever le groin. Je hurle, je crie. Rien ! Ils sont sourds, ou quoi ?

Maintenant qu'il fait nuit noire, impossible de passer dans un autre arbre sans prendre le risque de tomber. Je m'attache avec la corde et monte la couverture jusqu'à ma tête.

Quand, bien plus tard, je me réveille dans la nuit, la meute est partie. Je souris au silence et me rendors aussitôt.

* * *

La couverture brille de perles de rosée. Je grelotte de froid. C'est l'aube.

Aucun mouvement dans les taillis. Je m'étire, frotte mes fesses engourdies et mange des gâteaux en écoutant les oiseaux lancer leurs phrases claires dans la transparence de la forêt.

En faisant ma toilette, je remarque sur mes bras et mon ventre des muscles que je n'avais jamais vus. Biceps, abdos. Je fais cinq tractions sans problème en passant la tête par-dessus la branche, alors qu'au collège je m'aplatis comme une crêpe après deux pompes à peine.

En attendant l'assaillant, rien de mieux qu'une séance d'entraînement au lance-pierre. Je commence par viser des branches mortes ou des feuilles et descends trois fois me réapprovisionner. J'ai dû tirer une centaine de glands quand je parviens à viser trois fois de suite dans le trou d'un tronc situé à cinq mètres.

C'est bon. Je suis prête.

Mais rien. Mes ennemis ne se montrent toujours pas. Plus je m'enfonce dans le bois, plus je m'éloigne de la maison, du collège, de Nours, et plus je change. Je passe des heures à écouter la forêt, à la sentir. Je me rapproche petit à petit de celle que j'aurais pu être il y a des milliers d'années. Maintenant, je me sentirais capable de chasser, de pêcher et de faire des feux dans les grottes. Je n'ai plus peur de la nuit, plus peur d'aucun bruit, sauf de ceux qui pourraient venir d'autres humains. Je dois ressembler à une jeune Néandertalienne avec ma tignasse, mes odeurs, mes yeux tout le temps à l'affût.

Et si j'étais née dans deux mille ans ? C'est vite vu, peut-être que jamais je n'aurais pu fuguer dans les arbres. Parce que, si ça se trouve, il n'y en aura plus.

Mais je suis là, moi, Albertine de Furetière, perchée dans un grand et beau sycomore, et je ne sais pas où je suis ni où je vais. Et je crois bien que je n'ai jamais été aussi heureuse !

Je poursuis mon chemin aérien. Mon grappin ne rate plus sa cible et je ne me fais plus mal en me balançant d'un arbre à un autre. Mes gestes sont plus souples, plus précis. Je chasse les frelons et les guêpes sans paniquer et j'attends qu'un oiseau s'envole d'une branche avant de m'y aventurer.

Après le repas de milieu de journée — je mange quand j'ai faim, sans plus me préoccuper de l'heure — je m'assieds et m'attache dans un grand hêtre pour une petite sieste. Le soleil verse un miel chaud sur mon visage. Quelques gouttes crépitent dans une lumière jaune. Un arc-en-ciel apparaît dans une allée.

Je sombre délicieusement, lorsqu'un cri de merle me réveille en sursaut.

Quelqu'un est assis au pied de mon arbre. Je ne peux voir son visage sous sa casquette. Pantalon kaki, bottes vertes. Un sac en tissu à ses côtés. Est-ce un garde forestier ?

Je me détache sans un bruit, arme le lance-pierre et regarde autour de moi.

Le visiteur est seul.

« Et s'il était là par hasard ? Peut-être y a-t-il un chemin ? Il serait venu lui aussi faire une petite sieste ? Ridicule ! Il y a des milliers d'arbres, pourquoi aurait-il choisi celui-là ? Il est là pour toi, Albertine. Tu le sais ! »

Je m'écarte du tronc pour tenter d'apercevoir son visage, quand un morceau d'écorce se détache sous mon pied et tombe sur sa jambe. Il le ramasse et lève la tête. Mon cœur explose.

— Papa ?

Son visage est mangé par une barbe noire et grise. Il semble si vieux !

Il se lève en grimaçant et vient s'asseoir sur un tronc couché.

— J'ai eu du mal à te trouver, dit-il d'une voix hésitante.

Les larmes poussent contre le barrage de mes paupières. Si je parlais, j'éclaterais en sanglots.

— Tu as l'air de bien te porter, me lance-t-il.

— Ça va.

Il se gratte la barbe, les yeux dans le vide :

— Je ne dois pas avoir bien fière allure, dit-il tout bas. Je ne dors pas, en ce moment. Et toi, est-ce que tu arrives à te reposer, là-haut ?

— Oui, oui.

— C'est bien, ma fille, c'est bien. Tu es forte. Plus forte que moi.

Le silence entre nous n'a rien d'hostile, pour une fois. Mon père est calme. Les mains dans les poches, un peu voûté, il regarde autour de lui. Je lui demande :

— C'était toi, l'autre nuit ? J'ai entendu des pas derrière les buissons.

Il a un petit sourire gêné.

— J'espère que je ne t'ai pas fait peur. Je… je ne supportais pas de t'imaginer seule dans la nuit. C'est stupide, mais je voulais être là. Sylvain m'a dit ce qui t'était arrivé avec la buse.

— Pourquoi tu ne t'es pas montré, alors ?

Il réfléchit un moment.

— Je ne sais pas. J'ai eu peur que tu croies que je voulais essayer de te déloger.

Il hésite. Monsieur de Furetière est un homme sérieux et sûr de lui. Pas de place au doute ! Pourtant, cette fois, il n'a pas préparé ses phrases. Il ne sait ni où elles commencent ni comment elles se terminent.

Je n'arrive plus à déglutir. Il esquisse un sourire et attend de pouvoir poursuivre.

— Enfin… j'avais besoin de te voir.

Il baisse la tête sur ses paumes ouvertes. Sa voix est tout juste audible :

— Je ne savais pas que j'avais tant besoin de vous…, de toi. Il fallait peut-être que tu te sauves pour que je me l'avoue.

J'ouvre la bouche, mais me retiens de dire quoi que ce soit.

— N'aie pas peur, continue-t-il. Je ne viendrai pas te chercher. De toute façon, j'en serais bien incapable. J'imagine que tu dois te déplacer avec une belle aisance, maintenant…

Il respire profondément tandis que je lui demande :

— Nours est vraiment parti ?

Il ne lève pas la tête.

— Oui.

Je me mords la lèvre.

— Je… je l'aime plus que…

Les mots s'étranglent dans ma gorge.

Son regard me montre qu'il a compris. Qu'il sait ce que je m'apprête à dire. Il ne se fâche pas.

Nous nous regardons longtemps. Ses yeux brillent. Il désigne le sac à ses pieds :

— Il y a un repas, de l'eau, une paire de chaussures, des sous-vêtements et puis… un pantalon. J'espère qu'il t'ira.

Il s'éloigne, se retourne, me fixe un instant et me sourit comme il ne l'a jamais fait. Je suis sa fille, je deviens sa fille, là, dans ce grand hêtre, la fille de cet homme qui pleure. Qui pleure enfin.

Il disparaît sans bruit.

Mon père.

J'attrape le sac par les anses avec le grappin.

Comment ne pas pleurer d'émotion sur la ratatouille encore chaude que je trouve à l'intérieur ? D'habitude, j'ai horreur des légumes, mais cette fois, c'est mon père qui les a cuisinés, spécialement pour moi ! Et je les trouve délicieux.

Je sors aussi du sac une paire de chaussures neuves… deux pointures trop petites ! Je souris en murmurant :

— J'ai grandi, papa… T'es toujours pas au courant ?

Mais les sous-vêtements sentent bon l'assouplissant et les gâteaux aux poires sont ceux que j'avais adorés au bord de la mer. Il se souvenait !

Et puis, au fond du sac, une lettre.

Mes mains tremblent trop, je la glisse dans la poche de mon jean. Je la garde comme un trésor, à ouvrir plus tard. De quoi me réjouir pendant toute la journée.

Lentement, délicieusement, les phrases de mon père résonnent dans ma tête, lèvent une tristesse qui pesait comme un brouillard. Il fait jour, la lumière est belle.

Jamais il ne m'avait parlé comme ça, en me regardant dans les yeux, sans me fuir.

Mais soudain je me rappelle que Nours est parti, qu'il n'est déjà plus chez nous, et la colère me reprend. Mon ventre se serre de nouveau. La raideur de mon père... Fichu cap ! Merde au cap ! Si seulement tu pouvais casser ton gouvernail, papa ! Comment faire revenir notre Nours ? Impossible, maintenant... Et impossible pour moi de revenir à la maison sans lui !

Il faudra tenir, résister. Ne pas me laisser attendrir par ce père venu avec sa vulnérabilité, son repas chaud, ses chaussures trop petites.

Je repense au sourire rassurant de Nours. Aux histoires qu'il nous raconte, les yeux écarquillés, chaque soir ou presque, depuis toujours. À ses colères, aussi, qui se terminent le plus souvent en immenses crises de rire, surtout quand mon frère fait un pet-de-peur. Mais c'est du passé, tout ça...

Des voix s'approchent et je cesse de respirer. Quelqu'un siffle. Des visiteurs qui cherchent à se faire entendre ? Je me couche sur la grosse branche et prépare le lance-pierre.

— Vache, elle est super loin, ta sœur !

Mon cœur s'arrête.

— Je te préviens que si tu nous as pas emmenés au bon endroit, tu vas le regretter, pygmée !

Ils sont quatre. Un grand maigre pousse Sylvain dans le dos. Un autre, visage criblé de boutons, regarde tout autour de lui, avec méfiance.

Sylvain, très pâle, jette un œil discret vers les hauteurs, me voit et continue de marcher.

Le groupe s'arrête. Le garçon resté à l'arrière, mains dans les poches de sa veste grise, cheveux en pétard, me fait un clin d'œil. Mika…

— Eh, les gars, ce serait pas ça qu'on cherche ?

Ses copains froncent les sourcils et mettent un moment avant de me trouver.

— Eh ! mais la voilà, la flingueuse de buse ! dit le grand maigre, dont le prénom me revient : Loïc.

Mon frère se détache du groupe en reniflant.

— Pardon, Tine, ils m'ont dit qu'ils voulaient t'aider, qu'ils avaient des trucs super importants à te donner, qui changeraient ta vie dans les arbres.

Perchée sur ma branche, je lui lance :

— Et tu les as crus ?

Mon frère hausse les épaules, tête basse.

— Ben… oui.

Mika reste toujours à distance du groupe, tandis que le boutonneux que j'ai vu quelques fois avec Mika pose une main sur le tronc.

— Comments t'as fait pour monter ? demande-t-il avec un air ahuri.

Je lui lance un regard glacial.

— Fous le camp, crétin.

Le grand rit.

— Oups, on s'est plantés de question, mec. La bonne, c'est comment elle va faire pour descendre ?

— C'est pas prévu ! dit Sylvain.

— Ah ouais ? Elle nous ferait quand même pas l'offense de pas venir nous saluer, hein ? dit Loïc-le-débile. Juste un bisou.

Il regarde Mika, se tapote le menton comme s'il réfléchissait intensément, ouvre de grands yeux et lève le doigt.

— Eh, mec, je sais ! Elle veut qu'on monte la chercher ! Vous êtes prêts ?

Il me regarde, le visage rayonnant de bêtise joyeuse.

Le gland que je lui envoie avec mon lance-pierre lui frôle l'oreille gauche. Il recule avec un petit cri, perd l'équilibre et tombe sur les fesses.

Je crie :

— Dégage !

Mika me regarde en hochant la tête.

— Elle a raison, ça sert à rien que vous restiez, dit Sylvain.

La gifle du grand le cueille par surprise et le fait tomber à la renverse.

— Ta gueule, toi !

Mon sang ne fait qu'un tour et une grêle de glands s'abat sur le groupe. Le premier gland frappe Loïc à l'épaule. Le deuxième fait « Poc » sur le boutonneux qui crie « Aïe ! » et se colle à un tronc en se frottant la tête.

— Ça fait super mal ! Elle est conne ou quoi ?

J'arme encore et vise maintenant le visage.

— Tu touches encore mon frère et je te crève les yeux, connard !

Mika n'a toujours pas bougé.

— On dirait que t'es pas de très bonne humeur, dit-il très calmement. Tu veux pas descendre pour qu'on discute sereinement ?

Sa fausse politesse fait enfler ma colère.

— Foutez le camp, toi et tes copains débiles ! Pourquoi vous êtes venus ?

— Pourquoi ? Pour rencontrer la légende… Tu n'imagines pas tout ce qu'on dit sur toi au collège. Une vraie célébrité ! Albertine de Forestière… On parle que de toi.

— T'es jaloux parce qu'on ne parle plus de tes conneries et de ta super-coupe de cheveux de minet, c'est ça ?

Il me fixe un moment avec des yeux noirs, puis secoue la tête, regard amusé.

— Moi, faire des conneries ? Jamais !

Sylvain le pointe du doigt et dit en balbutiant :

— Tout le monde sait que tu te bats et que tu te fais tout le temps punir ! Même en CM2, on parle de toi.

— Ah ouais ? dit-il en éclatant de rire. On parle de moi chez les petits... C'est carrément la gloire !

— Je suis pas un petit, marmonne Sylvain, sourcils froncés.

Le grand Loïc s'éloigne de l'arbre, les yeux fureteurs, visiblement à la recherche d'un moyen de grimper.

— Si tes pieds quittent la terre, je te canarde, pauv' naze ! Et je vise les yeux.

— Tant que c'est pas le reste ! dit le boutonneux en ricanant.

— Tu veux parler des couilles que t'as pas ?

Il me fixe, médusé.

— Attends, toi ! dit-il en me désignant d'un doigt nerveux. Vas-y, fais la maligne !

Je m'assieds sur la branche et lui dis calmement :

— Hier soir, j'ai regardé la lune pendant un moment, et tu sais quoi ? Elle a moins de cratères que toi !

Les yeux exorbités, il se tourne vers Mika.

— Je vais l'étriper !

Mika fait un geste d'invite.

— À toi l'honneur.

J'envoie alors un gland qui l'atteint en plein front. Il n'a pas le temps de se mettre à couvert qu'un autre atterrit sur sa main.

— Je vais la tuer ! Je te jure que je vais la tuer !

— Attention ! me crie tout à coup Sylvain. Là-bas, derrière toi !

Loïc est en train de grimper dans l'arbre à côté du mien !

Mika m'observe défendre mon territoire avec un air amusé.

— Ça te fait rire ?

Il écarte les bras, paumes en l'air :

— On est venus discuter, rien de plus. C'est toi qui ne veux pas descendre.

Je monte rapidement et trouve Loïc en train de se hisser sur la première branche. Il ne m'a pas vue. J'attends qu'il se rétablisse, le visage crispé, en sueur. Puis je me poste devant lui et prends le temps de tendre l'élastique au maximum. Quand il se redresse et qu'il me voit face à lui, ses yeux deviennent immenses.

Ma voix claque :

— Descends !

Il secoue la tête.

Le premier gland le rate d'un cheveu. Le deuxième fait un bruit mou sur son oreille, qui rougit immédiatement. Il grimace de douleur et lâche un instant la branche pour se frotter le lobe. Un troisième gland frappe ses doigts. Il se laisse tomber à terre en catastrophe, roule et se relève en se massant la main.

— Oh, la garce ! Oh, p…

« Poc » sur sa tête.

Il s'abrite derrière un arbre.

— Connasse !

Mika rit.

— Joli, dis donc !

— Mais t'es con ou quoi ? lui crie Loïc. Ça t'amuse qu'elle se foute de nous ?

Mika hausse les épaules.

— Faut avouer qu'elle est forte, non ?

— Viens, on s'casse, dit Loïc au boutonneux. Ça devient n'importe quoi !

Ils s'éloignent en courant. Tous, sauf Mika, qui reste en bas de mon arbre, mains dans les poches.

— À plus, les gars !

— C'est ça… Tu sais quoi ? On vous laisse entre cons.

— Qu'est-ce qu'il y a ? Pourquoi tu suis pas tes super-copains ? Tu te crois plus intelligent qu'eux, c'est ça ?

Il secoue la tête, souriant.

— Non, non.

Sylvain s'approche prudemment de l'arbre et me lance :

— T'es trop forte, Tine ! Tu le mets dans l'mille à chaque coup !

— C'est ton lance-pierre, aussi. Il est super précis. Un vrai bijou, je te dis.

Mon frère rougit de plaisir et toise Mika. Je meurs d'envie de descendre le gifler, celui-là, pour lui faire perdre son sourire.

— Je peux monter, maintenant ? demande-t-il.

Je lève les yeux au ciel :

— Dans tes rêves.

— Tu me tireras dessus, si j'essaye ?

— Bien sûr.

— Pourquoi ? Je ne te ferai rien.

— Moi si. Je suis chez moi, ici. Et toi, même tes potes l'ont dit, t'es un con.

— On voit que t'as pas l'habitude de dire des gros mots. Tu les dis mal.

Je rougis.

Il laisse passer un long moment.

— C'est vrai ce qu'on raconte ? Que t'as fugué parce que ton père…

— Ferme-la ! le coupe Sylvain en avançant sur lui. C'est pas tes oignons, ça.

Mika sort les mains de ses poches, mais il ne se départit pas de son sourire.

— Oh, là ! Tranquille, j'ai pas envie de me battre avec toi.

— Pourtant t'aimes ça, te battre ! lance Sylvain d'une voix chevrotante de rage.

— Pas avec des petits.

— Je suis pas un petit, je te dis !

J'interviens :

— Arrête, Sylvain. C'est bon.

Tous les deux me regardent.

— Alors ? C'est vrai ou pas ?

Les mains de nouveau dans les poches, il attend une réponse. Mais le sourire est tombé, cette fois.

— Qu'est-ce que ça peut te faire ?

— Te fâche pas, je m'intéresse, c'est tout. J'avais jamais vu une fille grimper aussi bien dans les arbres ni tirer comme toi au lance-pierre. Tu t'es entraînée ?

Il observe les arbres en connaisseur.

— En tout cas, il faut une bonne raison pour faire un truc pareil ! Surtout pour une fille.

— Parce qu'une fille est moins capable qu'un garçon de grimper dans les arbres, c'est ça ?

Il soupire :

— Oh ! tu prends tout mal.

— T'as qu'à réfléchir à ce que tu dis. T'aurais jamais dit ça à un garçon.

Il hoche la tête.

— Pas faux.

Sylvain m'observe avec attention.

— Et tu dors là-haut ? demande encore Mika.

— Mmh.

Il hoche la tête.

— Impressionnant.

Au bout de quelques secondes, il ajoute :

— Moi aussi, j'ai fugué, une fois. C'était l'année dernière. Deux jours, seulement. J'ai fini par rentrer chez moi parce que j'avais faim. Et toi, tu manges quoi ? Des noisettes ? Des champignons ?

Je lui réponds, sans le regarder :

— Des gâteaux, de la ratatouille, des fruits.

Mika se tourne alors vers Sylvain.

— Ça pousse pas sur les arbres, la ratatouille... C'est toi qui lui apportes tout ça ?

— Ouais, répond fièrement mon frère, en levant le menton.

On reste silencieux un long moment. Puis Mika demande encore :

— Alors tu comptes plus jamais redescendre ?

— En tout cas, certainement pas pour toi !

— Pour qui, alors ?

Mes joues brûlent de nouveau. Mika m'observe un moment, puis finalement, me lance :

— Bon, j'arrête. Tu peux ranger ton lance-pierre. Salut.

Il se retourne, lève la main et s'éloigne en sifflant.

C'est donc lui qui sifflait tout à l'heure ! J'ai le désagréable sentiment qu'il s'est moqué de moi, et la certitude que je n'en ai pas fini avec lui. Pourquoi est-ce qu'il s'est fâché avec ses copains ? Et si c'était prévu ? Si c'était un stratagème ? un coup monté ? Son sourire amusé reste dans ma tête.

Sylvain le regarde partir. Puis il s'approche de l'arbre et dit tout bas :

— Quel sale con, celui-là !

— Carrément.

— J'avais envie de lui mettre mon poing dans la figure, à ce crétin. Non mais t'as vu son sourire ? Il se fout de nous !

— Ne t'y risque pas, Sylvain.

— J'suis cap, tu sais.

— Oh oui, je sais !

Il cherche la confirmation dans mes yeux.

— Laisse tomber. Je sais que t'es devenu courageux.

Il se tord les doigts, de plaisir, cette fois.

— Bon, mais je suis sûr qu'ils préparent un truc. Reste à l'abri, hein ? Tu les as trop humiliés pour qu'ils abandonnent.

Je précise, index levé :

— Je suis *toujours* sur mes gardes.

— T'as des munitions ?

En tordant la bouche, j'admets :

— Plus beaucoup.

— Ok, je m'en occupe !

— Super, prends-moi un max de glands ! Plus ils sont verts, plus ils sont durs…

— Compte sur moi.

Pendant qu'il remplit ses poches, plié en deux, je lui demande :

— Tu sais que papa est passé me voir ?

Il s'immobilise un instant avant de reprendre sa cueillette.

— Ouais.

— Il te l'a dit ?

— Non, mais je l'ai vu sortir du bois. Il avait de ces yeux ! On aurait dit qu'il avait pleuré ! Qu'est-ce qu'il t'a dit ?

— Ben… il m'a apporté des trucs à manger. Et aussi des chaussures. Trop petites.

Mon frère secoue la tête :

— Quel nul !

— Sois pas trop dur, quand même. J'ai l'impression qu'il change.

Mon frère se redresse et fait une moue.

— Tu parles de sa barbe ? Il est moche, hein ?

— Non, je veux dire… j'ai l'impression qu'il change à l'intérieur.

— Comment tu peux savoir ça ? Il parle jamais.

— Ben cette fois si, justement, il m'a un peu parlé. Avec les yeux, surtout.

Il lève les sourcils, surpris :

— À part qu'ils sont super rouges, j'ai rien remarqué, moi.

— Il vient t'embrasser, le soir, quand t'es au lit ?

— Aucune chance. J'ai mis un mot sur ma porte : « Ne pas déranger, je dors. »

Je reste silencieuse. Mon frère reprend son travail de ramassage de glands.

— Et tu vas pas me croire : il m'a rapporté un pantalon, aussi.

Mon frère suspend son geste mais ne commente pas.

— En tout cas, ça y est, finit-il par dire. Nours est parti.

— Je sais.

Il demande, sans relever la tête :

— Tu crois qu'il reviendra ?

— Il faut qu'il revienne.

— Carrément. Et vite, parce que la maison, sans lui, c'est plus chez nous. Je dors avec la lumière. Il y a un silence horrible. Même papa le supporte pas, il met la radio tout le temps. Jour et nuit. C'est devenu une maison de dingos !

Il s'approche de l'arbre et je lui jette le sac à dos. Il y verse sa récolte et me le renvoie.

— Merci.

— Bah, de rien, c'est normal.

Prise d'une soudaine inquiétude, je lance à Sylvain :

— T'approche plus jamais des débiles, en tout cas, ok ?

— C'est eux qui se sont approchés, je te signale.

— Qui vient te chercher à la sortie de l'école, depuis que Nours n'est plus là ?

— Papa.

Je hoche la tête.

— Bon, j'y vais, dit-il, j'ai des devoirs. Camille t'a apporté les cours ?

— Ouais.

— Fais gaffe, hein ? Je suis sûr qu'ils vont revenir. Ce sont des vrais cons, modèle olympique !

Je ris.

— J'ai remarqué.

— Le grand, c'est la médaille d'or ! Bon, je passe demain, mais t'éloigne pas trop, j'en ai déjà pour un quart d'heure pour venir jusqu'ici.

— Il y a un chemin dans le coin ?

Il désigne un endroit, bras tendu.

— Par là, à cinquante mètres. Je reviens vite. Salut, Tine. Tombe pas, hein !

— Non. À bientôt, fréro.

Il s'éloigne en sifflotant le même air que Mika.

VENGEANCE !

Après l'attaque de Puka et de sa bande, Mat était en rage. Il décida de se vengé. Avec sa sœur, ils préparère un terrible piège. Ensuite, ils firent une platforme tout en haut d'un arbre pour observer les environs. La nuit, ils se couchèrent sur la platforme sur les tapis de sol que Mat avait acheté avec ses sous et ils voyaient les étoiles entre les branches. C'était manifique ! Ils parlaient de leur papa qui n'allait pas bien à cause de la fugue de Clémentine. Clémentine avait un caractère de bison, mais cette nuit, elle était joyeuse et gentille avec Mat et ils se racontaient des histoires à tour drôle. Ils se souvenaient des bêtises qu'ils avaient fait, et des punition. Ils pleuraient aussi un peu parce que Nours, celui qui s'occupait d'eux depuis qu'ils étaient tout petit et qu'ils aimaient très fort, avait été chasser par leur père et ils lui en voulaient beaucoup pour ça.

Clémentine dormait, mais pas Mat, quand la bande de Puka arriva. Mat réveilla sa sœur. Quand les ennemis étaient tout prêt de l'arbre, le frère et la sœur tirèrent des flèches enflammées aux pieds des crétins qui s'enfuyèrent et tombèrent dans la fosse que Mat avait creusée. Elle était profondeet au fond, il y avait plein d'orties et de ronces. Puka et la bande criait au secours! Mais Mat n'avait aucune pitié! Il tira sa dernière flèche en plein dans un niz de guêpes juste au-dessus du trou et les guêpes se réveillèrent et elles volèrent vers les cris. Il y en avait des milliers.

Les ennemis ont réussi finalement à sortir du trou et ils s'enfuyaient en criant de douleur et ils pleuraient.

Mat et Clémentine se tapèrent dans les mains et riaient et ils retournaient se coucher sur les tapis de sol. Mais ils n'avaient plus besoin de parler, ils se regardaient parfois et riaient. C'était une nuit manifique et ils savaient que Nours reviendrait à la maison et que leur papa se raserait et serait moins sombre.

Clémentine remercia Mat et lui dit qu'il avait du courage et du crant et il lui répondit:

— C'est rien! C'est normal entre frère et sœur.

Je remballe mes affaires, grignote quelques gâteaux et passe dans un immense châtaignier. Je rejoins la cime en prenant garde d'éviter plusieurs branches mortes, accroche mon sac à dos et redescends pour avoir une vue sur le bois. J'ai le lance-pierre autour du cou et les poches pleines de munitions. Qu'ils reviennent et je leur vise les cacahuètes!

Je me promets de gifler le grand débile dès que je le croiserai au collège!

Je me détends en regardant le soleil couchant transformer les oiseaux en petites comètes enflammées.

Je pense à mon père. Il rappellera Nours, c'est obligé. Sinon, par qui le remplacerait-il? Une nounou? On la rendrait folle! Facile, en une semaine elle est dans un asile, ou exilée volontaire au Pérou! Qu'elle mette un pied dans la cuisine et c'est la guerre! Pour commencer, inversion de tous les ingrédients: le sucre dans le pot de sel, l'huile dans la bouteille de vinaigre. On ajoutera systématiquement du piment dans tous les plats dès qu'elle aura le dos tourné, des touffes de cheveux dans la soupe, et on versera du sirop de menthe dans ses chaussures si elle a le malheur de les enlever.

Rassurée, je me dis que mon père sait parfaitement de quoi nous sommes capables, surtout moi.

Le soleil se couche, j'allume une bougie. C'est le moment idéal pour lire la lettre de papa. Je mets la main dans ma poche…

Catastrophe : elle n'est plus dans ma poche !

Une lave en fusion monte à mes joues. Impossible ! Je vide mes poches précipitamment en faisant tomber quelques munitions.

— Merde !

Je sais bien qu'elle n'est pas dans mon sac, mais je monte quand même vérifier, incapable d'envisager le pire des scénarios.

Je me hisse le plus rapidement possible, cœur battant, en disant vingt gros mots entre deux branches.

Soudain, je sursaute et lâche un cri en me rattrapant comme je peux. Assis à côté de mon sac, juste au-dessus de moi, Mika balance les jambes dans le vide, souriant.

— Salut, t'en fais une tête ! Ben, comme tu ne voulais pas descendre, tout à l'heure, je me suis dit que…

— Toi ! Comment t'es monté ?

— Qu'est-ce que tu crois, t'es pas la seule à savoir grimper dans les arbres. Ça faisait un moment que je l'avais pas fait et tu m'as donné envie. Et tu vois, c'est comme le vélo, ça se perd pas…

Je cherche autour de nous et trouve aussitôt l'arbre voisin du nôtre par lequel il a pu facilement rejoindre celui où je me trouve. Quelle cruche ! Je savais pourtant bien qu'il ne s'en tiendrait pas à sa dernière visite.

Il hausse les sourcils, sort une enveloppe de sa veste et feint la surprise :

— Oh ! mais… qu'est-ce que je trouve là ? Pourtant, personne ne m'a écrit de lettre !

Je ne sais pas ce qui me donne le plus envie de le faire tomber. Est-ce que c'est parce qu'il est dans mon arbre ? parce qu'il se fiche de moi ? ou parce qu'il tient la lettre de mon père ? Je ne lui ferai pas le plaisir de lui demander de me la rendre.

— Ne me regarde pas comme ça. Je ne te l'ai pas volée. Je l'ai trouvée par terre, au pied de l'arbre. J'ai tout de suite su que ça t'appartenait et je me suis dit que si ça appartenait à Albertine de Furetière…

— Ta gueule !

Il penche la tête sur le côté et dit d'une voix calme :

— T'es quand même vachement grossière pour une richarde !

— Qu'est-ce que tu veux ?

— Oh… rien. Juste discuter un peu avec la star du collège.

— J'ai rien à te dire.

— Tu rigoles ? C'est un truc de fou de rester autant de jours dans les arbres sans descendre. Quatre jours !

Je compte rapidement. On est donc mercredi. Déjà !

— J'ai pas envie de discuter. Pas avec toi. Tes copains débiles ont giflé mon frère et vous lui avez tendu un piège pour venir m'emmerder !

Il hausse les épaules.

— T'es un con !

— Tu me connais pas bien.

— J'ai aucune envie de te connaître.

— Dommage.

— Bon, tu me la rends, cette lettre ?

— C'est une lettre d'amour ?

Il voit mon hésitation.

— Non.

— Waouh ! En sixième, t'as déjà un amoureux ?

— Non.

— Deux ?

Je soupire. Comment pourrais-je me débarrasser de lui et récupérer la lettre de mon père ? La colère monte. Je suis plus agile que lui dans les arbres, plus rapide.

Il se lève, étire ses jambes en grimaçant. Il a lu dans mes yeux.

— Punaise, j'ai mal partout après quelques minutes passées ici ! Sans déconner, t'es pas descendue une seule fois pendant toutes ces journées. Je me demande vraiment comment t'as fait :

Il fronce les sourcils. Un sourire rusé lui fend le visage.

— Et d'ailleurs, comment tu dors ? C'est impossible de pas se casser la figure en dormant !

Stupide fierté qui me fait répondre :

— Je m'attache.

Il hoche la tête plusieurs fois.

— Avec la corde, là, ah ouais ! Impressionnant !

Je me prépare à bondir. Il le voit et monte d'un étage, lettre tendue vers moi.

— Tiens.

J'atteins mon sac et tente de prendre la lettre qu'il retire aussitôt.

— Attends, encore une petite question, juste une : t'as pas la trouille, la nuit ? Des monstres, des loups-garous ? des psychopathes ?

Je sors le grappin de mon sac. Son visage devient tout à coup très sérieux.

— Tu vas me balancer ce truc à la figure ?

— Non, je viens chercher ma lettre, dis-je d'un ton glacial.

— Chiche ?

Il grimpe rapidement en choisissant les branches les plus fortes. Il se débrouille bien. Je le suis sans me presser. Il n'y a qu'une branche qui permette de passer dans l'arbre voisin. Je prie pour qu'il la dépasse. Ensuite, c'est l'impasse ! Mais il la trouve, me lance un regard réjoui et s'y engage après un instant d'hésitation, les bras en balancier. Je le suis. La nuit tombe doucement et nous enveloppe.

Il s'arrête quand la branche commence à osciller et se retourne prudemment. Il fait tout pour ne pas regarder en bas. Les traits tirés par la peur qu'il cache le mieux possible, il me demande d'une voix faussement calme :

— Allez, tu peux me le dire. C'est ton amoureux ?

— Non. Donne.

Il recule d'un pas. C'est un bruit infime, un avertissement inaudible pour celui qui ne fréquente pas les arbres, mais je l'ai entendu. La branche va craquer. C'est un châtaignier, le bois cassera net. Mika sourit toujours, il ne se doute de rien.

Je déroule rapidement la corde et lance le grappin sur la branche au-dessus de nous avec des gestes très souples.

Il me regarde, intrigué.

— Qu'est-ce que tu fiches ?

Sa voix s'est tendue.

— Ne bouge pas. La branche va casser.

Il regarde autour de lui, les yeux inquiets. Puis revient à mon visage et éclate de rire.

— Franchement, tu me prends pour un concombre ? Trop facile…

J'enroule la corde autour de ma taille et serre.

— Ouah ! Super-actrice ! Tu penses vraiment me fiche la trouille avec...

Un craquement retentit juste derrière son pied. Les yeux immenses, il écarte les bras comme s'il pouvait se rattraper à quelque chose. Mais il n'y a rien. Je tends la main. Il bascule doucement, si doucement ! Il jette son bras vers le mien, frôle mes doigts, mais la nuit le prend et l'éloigne de moi. Ses yeux fixent les miens comme s'il pouvait s'y accrocher. Il tombe en arrière, bras écartés. Il tombe et ma lettre vole à ses côtés, d'une blancheur lumineuse. Mes pieds sont dans le vide. La branche au-dessus me retient. La corde me scie le ventre, mais je ne le quitte pas des yeux. Il tombe sans me lâcher du regard. Je crie. Il heurte une première branche, tourne sur lui-même et me cherche encore des yeux. Son bras attrape un instant le feuillage qui pleut dans sa chute. Il tombe encore, tourbillonne comme un danseur et s'écrase en soulevant des feuilles autour de lui. Puis plus rien ne bouge. Je ne respire plus. Le temps s'est arrêté.

Je crie :

— Mika ! Ouvre les yeux !

Je me hisse sur la branche, détache la corde et descends le plus vite possible. Mes oreilles bourdonnent. Mes jambes sont en coton. C'est un cauchemar ! Ça n'a pas pu se passer. Il était là, devant moi, avec son sourire moqueur. Il y a cinq secondes ! Et maintenant…

Je me fige sur la branche la plus basse. Ses yeux me fixent sans ciller. Lui non plus n'y croit pas. Mon cœur me fait mal.

Puis ses paupières battent plusieurs fois. Il inspire, ouvre la bouche et la ferme aussitôt, comme un poisson hors de l'eau. Il se tourne sur le côté en grimaçant et se redresse lentement sur un coude, le visage crispé par la douleur. Il s'assied en gémissant et se lève. Son bras droit pend sur le côté avec un angle bizarre au niveau de l'avant-bras. Il le regarde sans comprendre. Moi j'ai compris. Cassé.

Il tourne son visage pâle vers moi.

— Je crois que j'ai le bras cassé.

— Attends, je t'accompagne.

Il secoue la tête.

— Non. Ça va.

— J'ai… j'ai essayé de te prévenir, espèce de crétin, mais t'as pas voulu… Tu m'as pas crue !

Il pousse un long soupir.

— Je t'ai pas crue, non, dit-il d'une petite voix.

Il ramasse la lettre tombée à côté de lui et s'écarte de quelques pas de mon arbre.

— Je te la rendrai… au collège. T'inquiète pas, je la lirai pas.

Quelques pas de plus en titubant.

— Mika ?

Il se retourne. Deux traces brillent sur ses joues.

— T'es sûr que ça va ?

— Sûr. Reste dans ton arbre. T'inquiète, je sais que t'as voulu m'aider.

J'entends longtemps sa respiration saccadée, coupée par la douleur.

Je regarde un moment la forme de son corps restée dans le feuillage. Et soudain, tout chancelle. À l'intérieur, à l'extérieur. Le monde est secoué par un immense tremblement. Je m'accroche au tronc, traversée par une foudre glacée, secouée comme si quelqu'un me remuait. Les larmes coulent, je ne les retiens pas. Des sanglots immenses, profonds. Tout s'ouvre en moi. Je pense à Nours, à mon père, à la chute de Mika, à mon frère malheureux.

Quand, au bout de quelques minutes, le séisme finit par se calmer, je m'assieds contre le tronc. « Et maintenant, Albertine ? »

Les jambes molles, la tête vide, je rejoins mon sac. La branche cassée pend à la verticale, comme un os brisé.

J'ai envie de descendre, de courir dans la nuit, de traverser le jardin, de passer la porte et de serrer mon père dans mes bras, de lui raconter la chute de Mika, de lui demander de téléphoner à Nours. J'ai la certitude qu'il le ferait.

Alors, qu'est-ce qui me retient de quitter l'arbre ?

Qui me murmure à l'oreille : « Pas encore… » ?

Il fait maintenant trop sombre pour décider quoi que ce soit. Je m'attache au tronc, me couvre et reste les yeux tournés vers l'étroite fenêtre ouverte sur le ciel, mais je ne vois aucune étoile.

Je ferme les yeux.

« Albertine ? »

Je crois entendre le bruit régulier d'un cœur qui bat. Le mien ? Au-dessus de moi, je perçois à présent des murmures très doux. Un parfum d'orange enfle. Où l'ai-je déjà senti ? Je cherche, il s'évanouit.

« Albertine ? »

C'est une voix de femme, une belle voix chaude passée par les arbres, montée par les sèves. Un souffle au parfum d'écorce. Mes yeux coulent.

J'ouvre la bouche pour répondre, mais rien ne sort. Mes bras sont trop lourds pour se lever vers celle qui me parle.

Une main caresse mon visage, le bout des doigts sur mes joues.

« Albertine ? »

— Papa est malheureux.

Est-ce vraiment moi qui ai parlé ?

Un frisson me traverse. La voix s'en va en échos clairs. Je réussis à murmurer :

— On a besoin d'aide.

Les feuilles bruissent une réponse lointaine, mais je ne la comprends pas. Mes yeux sont ouverts. Le jour pénètre entre les frondaisons. Mon regard dérive, se perd. Je flotte dans le courant vert du vent. Le plus petit début de pensée m'échappe. Je m'abandonne à un lent et agréable étourdissement.

Des nappes de brume blanche entrent dans la forêt comme des langues géantes. Elles serpentent, s'étalent, éteignent les bruits, frôlent le sol, lèchent les arbres avant de les dévorer.

Alors, la brume me happe et je me retrouve dans un cocon lumineux. Puis la nuée s'étire, s'éloigne et les arbres redeviennent visibles. Les yeux remplis de peur de Mika me reviennent. Il tombe et tombe encore, même quand je ferme les yeux. Mes mains serrent la branche.

Je fais mon sac et change de géant.

Un peu plus loin, j'entre dans une forêt de vieux chênes. Quand un nuage trop dense m'enveloppe, je m'assieds à califourchon sur une branche et attends qu'il se dissipe avant de continuer. Je traverse plusieurs arbres et trouve ce que je cherchais depuis le début : un lit de feuillage digne de ce nom ! Je rejoins la large branche d'un chêne habillée d'un épais lierre aux feuilles sombres et brillantes. Là, j'étends la couverture et me couche prudemment.

Le sol a disparu sous la brume blanche. J'ai l'impression d'être à des centaines de mètres au-dessus de la terre.

Je ferme les yeux et laisse mes bras et mes jambes pendre dans le vide. Mon corps se détend peu à peu. Un brouillard frais m'enveloppe aussitôt. Bercée par un murmure continu monté du sol, je m'endors et m'éveille dans un cocon. Je sombre délicieusement dans un sommeil cotonneux.

Mon frère est assis à côté de moi, un roman entre les mains.

— J'ai commencé. J'ai écrit une phrase, Tine. Une seule phrase.

— Sur moi ?

Il hoche la tête gravement. Il porte la même moustache que Nours. Il a vingt ans.

— Ne te moque pas, c'est une phrase importante. Écoute…

Il ressemble à papa, mais avec plus de douceur dans les traits. Il tourne le bout de ses moustaches comme le fait Nours. Il réfléchit longtemps.

— Tu as fait pleurer papa, tu l'as ouvert.

Il met le doigt sur mon cœur et ajoute avec un sourire :

— … Là.

L'éclat du soleil efface les yeux de mon frère.

Progressivement, je sens les feuilles sous ma tête. Et le rêve s'efface.

Mon frère ! Pourvu que le club des débiles ne lui fasse pas de mal ! Je me convaincs qu'ils mettront bien quelques jours à se rabibocher. Et que, d'ici là, ils auront trouvé quelqu'un d'autre à embêter. Les battements de mon cœur ralentissent et je me laisse de nouveau couvrir par un lourd velours de sommeil.

Je passe la journée à flotter avec l'impression d'être immense et légère. Un nuage.

Entre deux brumes, la forêt s'illumine. La lumière circule jusqu'à l'éblouissement. De l'or fond sur mes paupières. Des heures passent, des jours, peut-être.

Je m'éveille en sursaut, essoufflée comme si je venais de courir un cent mètres. Je sors d'un rêve où j'étouffais, le visage dans une eau glacée. Je m'assieds. Les brumes ont disparu. En regardant le sol, je découvre une rivière. Voilà donc d'où venaient mon rêve et le bruissement continu qui me berçait !

Je descends sur la branche la plus basse. Parvenue à moins d'un mètre des flots, je bascule en cochon pendu, tête en bas, jambes repliées sur la branche. Je me vois dans un reflet brisé.

Si je me rencontrais, je me ferais peur! Mon visage amaigri est encadré par une tignasse pleine de mousse et de bouts d'écorce. Je serais parfaite pour un documentaire sur les femmes à l'âge de Cro-Magnon. J'ai l'air sauvage. Des yeux de prédateur! Je pousse un cri rauque. Crédible!

Je me lave le visage et laisse mes doigts s'engourdir dans le courant glacé.

Une truite ondule juste devant moi. Elle monte gober des insectes qui se posent sur les reflets aveuglants. Je m'amuse à lui jeter des morceaux de feuille, mais elle les évite et finit par se cacher sous une pierre.

— Tine ?

Je cligne des yeux, la tête lourde. Assez des rêves !

— Tiiiine !

Je me penche. Mon frère, les yeux exorbités, les mains en porte-voix, crie de l'autre côté de la rivière :

— Tiiiiiiiiiiiine !

— Oui ? Quoi ?

— Ah ! quand même ! Pourquoi tu répondais pas ? Tu m'as fichu une de ces trouilles ! T'imagines même pas combien de temps j'ai mis pour te repérer !

— Je t'avais pas entendu.

— Tu rigoles ? Je t'ai appelé au moins vingt fois.

— Il est quelle heure ?

— Euh… six heures.

— Du matin ?

Il secoue la tête.

— Oh, punaise, tu vas pas bien, toi ! T'as de la fièvre ou quoi ? T'as mangé des champignons hallucinatoires ?

Je tente de m'extraire de la torpeur qui engourdit agréablement mon corps et ma tête.

— Tine, les copains de Mika sont venus me dire qu'il était à l'hôpital à cause de toi. C'est vrai ?

Je revois le sourire moqueur de Mika. Mon bras tendu.

— Qu'est-ce qui s'est passé ? me demande Sylvain.

— Il… il ne m'a pas écoutée. Il croyait que je bluffais, que je me moquais de lui. Il est allé sur une branche morte. J'ai essayé de le prévenir qu'elle allait casser. Et elle a cassé. Il est tombé.

— De haut ?

— La moitié de l'arbre.

Mon frère met la main devant sa bouche.

— Oh, la vache ! Il aurait pu se tuer !

— Il a été ralenti par une branche.

— Tu l'as poussé ?

— Mais… non ! Qu'est-ce que tu racontes ? T'es dingue ! Il avait trouvé la lettre de papa par terre. Il voulait pas me la rendre.

Mon frère marche de long en large sur la rive en répétant :

— Oh, punaise… Oh, punaise…

— Il a pas voulu que je le raccompagne.

Il finit par s'asseoir sur une pierre, remonte les genoux sous son menton et serre ses jambes.

— C'est grave, Albertine, c'est super grave ! Même si c'est qu'un con ! Il a failli…

— J'y suis pour rien, dis-je d'un ton sévère. Je l'ai pas forcé à monter dans l'arbre. Et j'ai essayé de le rattraper quand la branche a cassé.

Il cache sa tête entre ses jambes, puis finit par relever la tête après de longues secondes et me dit, les yeux mouillés :

— Faudrait vraiment que tu descendes. Des copines à toi sont venues me demander où t'étais et comment tu allais. Elles piaillaient comme des dindes. Des vraies folles ! Et j'ai vu papa discuter avec ta prof de français. J'avais honte tellement il est moche en ce moment.

Sa voix se brise.

— Tine, reviens à la maison, s'il te plaît.

— Pas encore, Sylvain, bientôt.

J'ajoute, d'une voix faussement enthousiaste :

— Et puis, il faut qu'il m'arrive des aventures pour que tu puisses écrire ton livre, non ?

Il soupire et me lance un regard noir.

— J'ai pas trop envie que ça se finisse mal… T'es déjà allée trop loin.

— Au fait, qu'est-ce que tu écris ? Comment tu peux savoir ce que je vis ?

Il bredouille :

— Ben, j'invente un peu.

— Raconte.

— Non.

— Pourquoi ? C'est mon histoire, non ?

— Oui et non.

Il baisse la tête et dit tout bas :

— Déjà, dans mon livre, tu t'appelles Clémentine.

— Clémentine ? C'est bidon ! Pourquoi pas Albertine ? T'aimes pas mon prénom ?

— Si, mais s'il est publié un jour…

— … Tu veux pas qu'on me reconnaisse ?

— C'est ça.

— Bon, vas-y, qu'est-ce qui m'arrive dans ton histoire ?

— J'ai écrit l'épisode de la buse, mais je l'ai changée en aigle. Et aussi celui ou on chasse Mika et sa bande.

— « On » ?

Il se dandine, passant d'un pied sur l'autre.

— Ben ouais, j'avais envie d'intervenir.

Une idée me glace soudain et mon rire s'étrangle.

— Sylvain, dans ton histoire, tu racontes pas comment je me débrouille pour faire pipi, au moins ?

— Ben, heu… si.

Mon cri de bête sauvage le fait sursauter.

— Aaaaah ! Mais non ! Tu peux pas faire ça ! Et puis d'abord c'est un détail. Tout le monde s'en fiche !

Il se reprend et répond avec un sourire amusé :

— Tu rigoles ? Luc s'est trop marré, quand je lui ai dit.

Les joues me brûlent.

— Tu veux dire que… tu l'as raconté… à tes copains ?

— Juste à Luc… et à Antonio. Lui aussi a trouvé ça hyper-marrant !

Mon regard le fait reculer. Je siffle entre mes dents :

— Quand je descendrai d'ici, je brûlerai ton bouquin !

Il baisse la tête et hausse les épaules.

— Comme tu veux. Descends et je te le donne.

TROISIÈME PARTIE

La tempête

— Oh, ça va ! Je parle pas que de tes pipis, non plus ! dit-il alors que je le regarde comme un chat sauvage prêt à l'étriper. J'ai aussi raconté ta fuite et ce que tu as dit à papa, comment tu cours et sautes dans les arbres, comment tu te balances avec ton grappin…

Il lance des pierres dans l'eau, juste où se trouvait la truite. Je lui demande, radoucie :

— Et toi, comment tu t'appelles dans l'histoire ?

— Mat.

— Mat ? C'est nul ! On dirait un prénom de série américaine.

— C'est toujours mieux que Sylvain.

Après un long moment de silence, il prend une lourde pierre et la lance au milieu de la rivière.

Le regard fixé sur les reflets de l'eau, il déclare d'une voix blanche :

— Je rêve souvent de toi en ce moment. Je cours dans toute la forêt, mais t'es nulle part. Pourtant j'entends ta voix, ou une voix qui ressemble vachement à la tienne, comme si t'étais plus vieille…

Quelque chose en moi se brise. Ma gorge s'assèche. Concentré sur ce qu'il dit, les yeux dans le vide, Sylvain ne s'aperçoit de rien et poursuit. Ses mots s'entrechoquent, se confondent :

— C'est comme si c'était toi dans longtemps et je te trouve jamais. Je te cherche partout. Les arbres sont noirs, tordus. Je t'appelle et toi, tu chantes un air que je reconnais dans le rêve. Mais quand je me réveille, impossible de m'en souvenir ! Je te jure que je connais cet air !

Il essuie des larmes dans sa manche.

Je descends sur la branche la plus basse et me couche. Mon frère entre dans l'eau avec ses chaussures, traverse et prend ma main. Il a un petit sourire triste.

— Pourtant, dans la vraie vie, tu chantes comme une otarie. C'est vrai, non ?

— P't'être, ouais.

Je lui caresse la joue.

— Sylvain, moi aussi j'ai entendu la voix. Mais c'est pas la mienne. C'est une belle voix qui m'a fait du bien. Je suis sûre qu'on a entendu la même.

Il me regarde, soudain très sérieux, alors que je poursuis :

— Si ça se trouve, c'est celle de maman ?

Le mot est sorti si facilement !

Mon frère me fixe un long moment sans avoir l'air nullement surpris.

— Comment veux-tu qu'on s'en souvienne? On l'a jamais entendue.

— Si, quand on était bébés. Elle devait nous chanter des berceuses. C'est quelque part dans notre cerveau, mais trop loin pour qu'on se rappelle la mélodie.

— « Maman »...

Il répète le mot plusieurs fois, comme s'il était fragile, précieux, comme si c'était un mot très difficile à apprivoiser.

— Tu sais, lui dis-je, j'ai trouvé une enveloppe avec des photos d'elle à la maison. Elle est dans le...

— ... deuxième tiroir du bureau de papa, termine-t-il.

Je me tourne vers lui, stupéfaite :

— Tu les regardes souvent ?

— Presque toutes les nuits, répond-il tout bas.

— Sérieux ?

— Sérieux.

— Pourquoi t'en prends pas une ? Il y en a plein.

Il réfléchit un moment.

— Non, je préfère comme ça, c'est comme si je venais la voir, la rencontrer. C'est notre rendez-vous. Quand j'ai passé une sale journée, je regarde la photo où elle sourit, et quand j'ai eu une mauvaise note, ou que la maîtresse m'a puni, je choisis celle où elle est très sérieuse. Tu vas te dire que je suis marteau mais, à force, j'ai l'impression qu'elle me parle.

— Et toi, tu lui parles ?

Il hésite.

— En bougeant juste les lèvres pour pas faire de bruit.

Il ajoute, en évitant mon regard :

— Et je l'embrasse pour lui dire bonne nuit.

Puis il lève un visage déconfit.

— Tu les regardes, toi aussi ?

— Oui.

— Elle était jolie, hein ?

— Carrément.

Il murmure :

— Tu lui ressembles vachement…

Puis il retourne sur l'autre rive et ouvre son sac.

— Bon, et à part ça, j'ai des trucs pour toi.

— Ah, chouette !

— Oh, te réjouis pas trop, tu vas m'en vouloir. Mais d'abord, ce qui va te plaire…

Il sort des sandwichs emballés, des boîtes de gâteaux, deux gourdes, des piles pour la lampe frontale et une grande cape de pluie.

— Super… Et pourquoi je devrais t'en vouloir ?

Il grimace et tire lentement du sac de tout petits vêtements.

— Où t'as trouvé ça ? On a des poupées à la maison, maintenant ?

Il pouffe de rire et répond en tentant de garder son sérieux :

— C'est à toi.

Il étend un mini-slip et un tee-shirt qui irait à une Barbie.

— Mais… qu'est-ce qui s'est passé ?

— J'ai lavé à quatre-vingt-dix degrés, pour être sûr que ce soit bien propre… Pour les maladies.

— Sylvain… Là, c'est sûr que c'est propre ! Bon, merci quand même…

Ses lèvres bougent. Je me demande s'il va pleurer ou rire.

— Mais le pire, c'est que j'ai lavé des vêtements de papa… avec les tiens.

— Non ?

Il hoche vigoureusement la tête.

— Si.

— Vas-y, annonce !

— Son pantalon de costume gris clair.

— Noooooon ?

— Maintenant, même pour moi ce serait un short ! Et puis son gilet…

— Son préféré méga moche qu'il met tous les soirs ?

— Du trois ans !

Je cache mon rire dans les mains.

— Et aussi ses chaussettes…

— Arrêêêête ! Combien de paires ?

— Toutes... Du trente-deux !

Notre fou rire monte, grandit, envahit la forêt, l'inonde. Mon frère est rouge. Nos larmes coulent. De joie, d'épuisement, de soulagement.

Quand on a enfin retrouvé notre calme, la forêt est silencieuse. Les oiseaux se sont tus. Sylvain lève la tête vers le ciel.

— Papa dit qu'il va y avoir de l'orage.

— C'est pour ça, la cape ?

— Ouais. Il est hyperstressé. Encore plus que d'hab, t'imagines ? Il... il voudrait vraiment que tu descendes. Il a peur. Il a dit qu'il allait appeler Nours.

Mon cœur s'emballe.

— Et aussi qu'il n'est plus du tout fâché contre toi, ajoute-t-il.

Je retrouve le plaisir qu'on ressent en plaçant les dernières pièces d'un puzzle. Pourtant, il en manque une.

Mon frère attend, le regard fébrile.

— Tu descendras pas, hein ?

— Non.

— Alors surtout, reste pas dans un grand arbre. À cause de la foudre.

— D'accord, c'est promis.

Un immense sourire grandit sur son visage.

— Nours va peut-être revenir, tu te rends compte ?

— C'est génial, fréro !

Ses yeux brillent, ses lèvres tremblent et tout devient flou devant moi.

— Et c'est grâce à toi, dit-il.

— Tu parles. C'est surtout à cause de moi qu'il est parti.

— Ah non ! dit-il, sourcils froncés. Ça, c'est à cause de papa !

— C'est moi qui ai demandé une balançoire, je me doutais bien que si Nours l'installait, ce serait le chaos.

Il réfléchit un moment.

— Tu savais vraiment que ça le rendrait dingue, papa ? qu'il la couperait ?

— Je crois, mais j'en avais trop envie. Et Nours aussi devait se douter que ça allait faire « boum »...

— Alors pourquoi il a accepté ?

Je hausse les épaules.

— Il faudra le lui demander.

Des voix approchent. Des adultes. Celle de mon père et une autre que je ne connais pas.

— Ça devrait être par là, dit mon père. Elle suivait cette direction.

Un court silence. Ils se sont arrêtés. Puis, soudain :

— Albertine ?

Je me baisse et reste cachée sur une large branche. Je vois leurs pieds, mais pas de visages.

— Albertine ? C'est papa.

Un homme s'avance et je reconnais le maire du village avec son éternelle cravate bordeaux et sa casquette à carreaux. Qu'est-ce qu'il fait là ? Je me tapis sans rien laisser dépasser de la branche quand il lève la tête.

— Vous êtes sûr qu'elle est ici ?

— Oui, les arbres lui permettent de se déplacer et cet alignement de vieux chênes est un chemin parfait pour ma fille.

— Eh bien soit elle est sacrément inconsciente, soit elle a un courage du tonnerre, cette petite, parce que ça fait une belle bambée depuis chez vous, c'est sûr !

— Je penche pour le courage.

— Albertine ! crie monsieur le maire. Montre-toi !

— Elle nous écoute, dit mon père.

— Alors pourquoi ne se montre-t-elle pas ?

— Elle est méfiante depuis que j'ai essayé de la déloger.

Le maire se tourne vers mon père. Je ne vois pas leurs visages, mais c'est comme si je les entendais penser.

— Albertine, dit le maire, de gros orages sont annoncés pour les heures à venir ! Il faut descendre au plus vite !

Il marque une pause avant de continuer :

— Il ne faut pas rester dans les arbres ! La foudre pourrait frapper ! Tu nous entends ?

— Albertine, réponds, s'il te plaît ! Nous ne viendrons pas, promis, dit mon père d'une voix suppliante.

Je résiste de toutes mes forces et ferme les yeux, le visage contre le lichen. Si je me montrais maintenant, je finirais par céder, et la dernière pièce du puzzle manque toujours.

— Albertine ? appelle mon père. Descends quand nous serons partis et va te mettre à l'abri, mais sors de la forêt, les arbres ne…

Il s'interrompt et poursuit, d'une voix brisée :

— Les arbres ne te protégeront pas contre la foudre, ma fille.

Ils attendent un moment, puis mon père dit au maire :

— Allons-y, elle nous a entendus.

— Espérons-le, répond le maire.

Les voix s'éloignent.

— Qu'est-ce qu'il lui a pris, à votre petite, de grimper là-haut ?

Comme mon père ne répond pas tout de suite, je me dis qu'ils sont désormais trop loin pour que je les entende, mais mon père finit par répondre :

— C'est à cause de moi.

Cette fois, ils sont vraiment trop loin, mais ce « à cause de moi » me gonfle le cœur d'une joie lumineuse.

Longtemps après leur départ, le vrombissement léger des insectes, qui m'accompagnait tous ces derniers jours dans chaque arbre où j'arrivais, cesse d'un seul coup. La forêt se tait. Les feuilles sont absolument immobiles. Un oiseau frôle mes cheveux et entre dans un trou, à côté de ma tête. Son œil paniqué me surveille un instant avant de disparaître.

« Qu'est-ce que tu attends ? semble-t-il demander. Trouve-toi un abri ! »

J'aimerais pouvoir devenir minuscule, comme Alice aux pays des merveilles, et me blottir dans son plumage. Je colle mon nez au trou. Odeurs de mousse, d'écorce, d'herbe chaude. Comme un parfum de peur.

Un renard passe en courant sur la rive et disparaît dans un roncier.

Je traverse plusieurs ramures avant d'apercevoir un très vieux chêne aux lourds bras tordus. Dominé par des géants, on dirait un vieillard puissant et ronchon, resté à bonne distance de voisins qui lui font de l'ombre depuis plusieurs centaines d'années. Ses branches sont si larges qu'elles ne bougent pas quand j'y pose le pied. Des mousses brillantes le couvrent. Son écorce est parcourue par de profondes rides. Je m'installe contre le tronc et accroche mon sac. Une chaleur lourde enfle. J'enlève rapidement mon pull. Le calme et l'absence de tout mouvement dans la forêt me rendent nerveuse.

Le temps s'écoule. Je m'épuise à tendre l'oreille pour entendre la pluie ou l'orage arriver. La touffeur augmente encore. Des odeurs de terre et de feuilles pourries montent. La sueur perle à mon front. Je me surprends à parler toute seule.

— Bon, ça vient ?

Ma voix métallique résonne sous la voûte des géants qui semblent me dire de me taire. Car eux aussi écoutent, mais ils savent, ils voient le ciel, ils en sont tout proches.

Soudain, les couleurs disparaissent. Le jour s'éteint. Ce n'est pas la nuit, c'est une obscurité trop brutale. La forêt change. Elle m'isole. Elle attend quelqu'un, une rencontre à laquelle je ne suis pas invitée. Je suis en trop. Je dérange. Je me recroqueville, le menton sur les genoux. Je n'ai plus ma place.

Je me tasse contre l'arbre et respire sans faire de bruit. Un tourbillon de papillons de nuit m'entoure soudain. Leurs ailes battent contre mes joues. Mon cri traverse les ténèbres comme un éclair.

Le voile noir a tout recouvert. La chaleur est étouffante. L'espace se resserre. Je suis dans une pièce close, sans un souffle d'air. La sueur coule dans mon dos, sur mon front, dans mes yeux, mais je ne veux pas les fermer. C'est tout proche, maintenant.

« Il ne faudrait pas être là, Albertine. Sauve-toi ! C'est un piège ! »

Pourquoi ne pas descendre ? Mon père et le maire avaient raison !

Mais il est trop tard.

Impossible de retenir les frissons qui envahissent tout mon corps. Je me mords les lèvres.

Tout à coup, la foudre est là, lance éblouissante arrêtée un instant entre les arbres, mais elle n'en touche aucun. Tout se passe au ralenti. Une colonne de feuilles en feu monte le long de la lumière. Puis un grondement immense comprime mes poumons et me coupe le souffle. Mes oreilles sifflent. Quelques secondes, je crois qu'il fait à nouveau jour. Je ferme les yeux, mais la lumière reste. C'est l'aveuglement de la foudre. Elle est entrée dans mon crâne avec son grognement de chien. Elle ne veut plus sortir. J'appuie sur mes paupières pour tenter de l'extraire. Je reste immobile, perdue, enflammée. Enfin, la foudre se retire lentement de ma tête bourdonnante. Alors, la forme des arbres revient et des braises s'éteignent une à une comme des lucioles sur le sol où l'éclair a frappé. Suis-je devenue sourde ou le silence a-t-il encore grandi ?

Je cherche encore la réponse quand un géant invisible tombe dans les arbres et les secoue dans tous les sens avec un feulement de chat fou. Les feuilles montées du sol se mêlent à celles que le vent arrache dans sa colère. Pendant plusieurs minutes, la pluie ne parvient pas à pénétrer dans la forêt, mais, par endroits, des trombes d'eau entrent comme des langues grises dans les ouvertures. J'enlace le tronc de mon vieil arbre. La forêt grince de peur. Je lâche ma cape pour essuyer des feuilles mouillées que la bête m'a lancée au visage, et ma cape s'envole. Elle virevolte un moment, tordue comme un mouchoir, avant de tomber à terre. Je crie de rage.

La pluie me fouette le visage. Je mets ma tête contre le tronc. Les branches des plus grands arbres se heurtent avec des bruits d'os au-dessus de mon protecteur. Certaines cassent, tournoient et se fracassent au sol. Ce n'est plus un jeu. Un barrage s'est ouvert. Un fleuve se déverse sur nous. La forêt s'ouvre, cède. Le visage inondé, j'ouvre la bouche pour respirer.

Grondement immense. La forêt résonne de roulements lourds. Une explosion de lumière éblouissante couvre soudain la canopée et s'éteint, aussitôt suivie par une autre, plus intense encore. Tout vibre. Jour. Nuit.

Jour. Un jour sauvage, assourdissant, toute la lumière d'une journée d'été concentrée en une seconde.

Sous mes yeux, un arbre se penche très lentement, ses racines soulèvent la terre. Il reste ainsi quelques instants, la tête prise dans les bras de ses amis qui le retiennent. Mais le monstre-vent l'a vu, prend son élan et se jette sur lui. L'arbre vrille et s'écrase dans un triste nuage de branches éclatées.

Je pense alors seulement à m'attacher avec la corde enroulée autour de moi. Trop tard. Une bourrasque entre dans mon arbre en hurlant d'une voix rauque. J'enfonce les doigts dans les sillons du tronc pour ne pas être emportée. Mon sac tombe et disparaît sous un tapis liquide couvert de feuilles.

J'essuie la pluie sur mon visage et fixe un moment le sol, incrédule. Un lent vertige nauséeux me saisit. Est-ce mon arbre ou la terre qui se déplace ? Un large fleuve de boue s'écoule autour des arbres.

Le ciel se vide. Je serre mon arbre.

Une éternité d'eau, de souffle, de craquements, de peur. Puis un cri perce les grondements. Ce n'est pas le mien.

J'ouvre les yeux dans le déluge.

— ALBERTINE !

Cette fois, je n'hésite pas et crie instinctivement :

— Papa !

Le monstre peut bien se déchaîner, le ciel tenter de me noyer, j'ai entendu la voix de mon père !

— PAPA ! Je suis là !

La voix s'est tue. Je me raidis, traversée par un immense frisson, un doute douloureux.

— Papa ?

Un éclair me répond. Un arbre tombe sans bruit. Une de ses branches attrape celles de son ami. Tous les deux s'écroulent lentement en projetant d'immenses gerbes d'eau. Je hurle à pleins poumons au-dessus d'un océan de terre liquide :

— PAPA !

Est-ce de la magie ? un rêve ? Sa silhouette apparaît, si petite au milieu des colosses remués. Enfoncé dans la boue jusqu'aux genoux, il fait de grands mouvements de bras pour se donner de l'élan et garder son équilibre.

Il trébuche, tombe dans l'eau, se relève, couvert de boue et de feuilles.

— PAPA ! Je suis là !

Il s'arrête, me cherche. Il respire bouche ouverte. Les cheveux parsemés de feuilles, une barbe luisante de pluie sur les joues, on dirait un vagabond furieux. Ses yeux sauvages me trouvent, me sourient. Le soulagement illumine son visage. Et je lis sur ses lèvres, dans un soupir :

— Tu vas bien !

La pluie s'abat avec rage. Une rafale le fait chanceler et il écarte les bras. On dirait qu'il danse, soudain si fragile ! Mes larmes jaillissent.

J'accroche le grappin à la branche au-dessus de ma tête et laisse la corde se dérouler jusqu'à terre.

Il s'approche, me regarde avec attention, s'essuie le visage de la manche et prend la corde en main comme si elle était brûlante.

Il baisse la tête, souffle et commence son ascension.

Alors je n'entends plus la forêt résonner des grondements du tonnerre, je ne sursaute plus aux éclats aveuglants de la foudre frappant au hasard. Mes yeux restent fixés sur les mains de mon père. La pluie me lave le visage, le vent me tire les cheveux, enfle ma veste, me secoue. Mes yeux disent aux mains de mon père de trouver le courage, de serrer la corde et…

— Oui, papa !

Il secoue la tête, mais il grimpe ! Ses gestes sont saccadés, mais il monte. Il grogne et jette les mains l'une au-dessus de l'autre, tendu.

Il marque une pause, reprend son souffle et jette son regard dans le mien comme pour s'y accrocher. Il est terrifié.

— Allez ! Tu y es presque…

Il gémit entre ses mâchoires serrées. Je lui tends la main. Il lance la sienne et attrape la branche comme un naufragé. Je l'aide à se hisser. Il reste un long moment couché sur la branche, essoufflé, la joue contre l'écorce, les paupières frémissantes.

Enfin, très prudemment, je le guide vers le tronc, l'assieds dans une position confortable et le prends dans mes bras. Blottie contre lui, le nez dans son cou, je sens son parfum mélangé aux odeurs de pluie, de vent, de boue.

Il ferme ses bras sur moi. Jamais il ne nous a enlacés, jamais il ne nous a fait de câlins ni embrassés, ou seulement la nuit, en cachette, comme s'il avait honte de nous aimer, ou que ça lui faisait mal. Mais cette fois, il me serre à m'écraser. Je me pelotonne contre lui, et le père que j'ai tant rêvé d'avoir me couvre des pans de sa veste.

Le temps s'écoule, les grondements s'espacent, la pluie tarit, le vent s'épuise. La bête s'éloigne, la pluie perd de sa force, mais je reste dans le refuge de mon père. Je me remplis de cet instant. En quelques minutes, il ne reste du déluge que de lourdes gouttes. J'ouvre les yeux et distingue le coin d'une feuille dans la poche intérieure de sa veste. Je la saisis, la retire, me recule et regarde mon père.

C'est une photo de maman.

— Tu l'as toujours sur toi ?

— Oui.

Un frisson me traverse, je fixe la photo de maman et demande, comme si je m'adressais à elle :

— Qu'est-ce qui s'est passé ? Comment est-ce qu'elle est morte ?

Mon père reste longtemps silencieux. Lui aussi la regarde. Et puis, au bout de plusieurs longues secondes, il prend une grande inspiration et se lance :

— Sylvain avait trois mois, toi un peu plus d'un an. Ta mère et moi étions mariés depuis trois ans… Avant qu'on se rencontre, elle a voyagé dans de nombreux pays pour y étudier des espèces rares. Elle était botaniste, comme tu le sais. Elle est rapidement devenue une spécialiste renommée que de nombreux confrères à travers l'Europe consultaient.

Il secoue la tête en souriant.

— Je lui disais toujours qu'elle pourrait se passer de moi, mais pas de ses arbres. Elle les étudiait, les écoutait, identifiait chaque espèce en une seconde, repérait les maladies à la moindre variation de couleur sur le tronc, de texture sur les feuilles. Aucune essence de bois ne lui était inconnue. Elle parlait des arbres comme de ses amis et s'amusait de mes jalousies car elle s'inquiétait pour eux quand il y avait un orage ou des tempêtes. Si elle avait pu rentrer dans la maison tous les arbres à des kilomètres à la ronde, elle l'aurait fait !

Il inspire profondément et poursuit :

— Quand vous êtes venus au monde, toi puis Sylvain, elle vous a présentés à la forêt. Elle vous faisait toucher l'écorce et vous nommait chaque plante, malgré mes moqueries.

Soudain, le visage de mon père se crispe.

— Elle les appelait ses *amis*, mais… c'est de la cime de l'un d'entre eux qu'elle est tombée. Je… je ne sais pas ce qui s'est passé. Il y avait du vent ce jour-là, mais pas suffisamment fort pour la dissuader de grimper pour déloger un nid de chenilles en haut d'un chêne. Il était évidemment inutile de tenter de lui faire changer d'avis.

Il serre ma main à me faire mal. Ma gorge se noue, je me reconnais tellement en elle ! Je suis sûre que j'aurais aimé me promener dans les bois avec elle, elle aurait pu m'apprendre tant de choses…

— J'étais dans la maison quand j'ai tout d'un coup réalisé que ça faisait longtemps qu'elle aurait dû être revenue. Quand je suis arrivé près du chêne, elle était allongée à son pied et j'ai d'abord cru qu'elle faisait une sieste. Je l'ai tellement espéré ! Mais elle ne dormait jamais sur le ventre, d'habitude.

Il lève doucement les yeux, ancre son regard dans le mien. Le chagrin froisse son visage, qu'il prend entre ses mains en coupe alors que je lui caresse tendrement l'épaule.

— Les pompiers m'ont dit qu'elle n'avait rien senti. Rupture des cervicales, ou arrêt du cœur. Ou les deux.

Ses lèvres tremblent toujours, mais la colère noie ses yeux :

— Je ne sais pas ce qui est arrivé. Il n'y avait pas de branches par terre, siffle-t-il, seulement elle. Le corps de mon amour. Et notre vie. Tout par terre. C'était… tellement injuste !

Je murmure :

— Alors, c'est depuis ça que tu détestes les arbres ?

— Oui, souffle-t-il à mi-voix, comme si les mots lui faisaient mal. Ses amis, comme elle disait, ne l'ont pas protégée.

— Mais… c'était il y a longtemps, et puis…

Il me caresse la joue.

— Le temps ne change rien. La peine ne faiblit pas. Je l'ai cru, un moment, mais ça ne passe pas.

— Pourquoi tu ne nous en parles jamais ? Pourquoi tu ne nous as jamais raconté ce qui s'est passé ?

Sa bouche reste ouverte un instant avant que les mots jaillissent :

— Mais… je ne pouvais pas, ça vous aurait fait trop de mal !

— Bien sûr que non ! C'est en cachant la vérité que tu nous as fait le plus mal. J'ai toujours su qu'il y avait un secret, et je devenais folle à essayer de le trouver.

— C'était pour vous protéger, continue-t-il dans un filet de voix. Ou pour *me* protéger, je ne sais pas exactement.

Je lui demande d'un ton radouci :

— Nours sait ce qui s'est passé, lui ?

— Oui.

— Tu le lui as dit ?

— Non, et il a toujours eu la pudeur de ne rien me demander. Pierre n'avait pas cet air insupportablement désolé qu'ont eu tous les autres quand ils ont appris. Mais il l'a forcément su.

Plus un souffle de vent. De grosses gouttes claquent sur les feuilles ou sur nos vêtements. Il fait frais, le jour revient lentement.

— Papa, est-ce que maman nous chantait des berceuses, quand on était bébés ?

Il réfléchit un peu, puis son visage s'éclaire et il me répond :

— Oui, bien sûr, et je les aimais beaucoup, moi aussi.

Il me regarde, surpris.

— Pourquoi cette question ?

— Eh bien... c'est comme si je m'en souvenais. Dans mes rêves, je les entends. Sylvain aussi.

J'ajoute encore, lui faisant face :

— Tu es trop souvent parti. Tu nous manques quand tu n'es pas là.

Il m'observe un moment.

— Je ne dois pas être le plus agréable des pères...

Je hausse les épaules.

— Tu ne nous tapes pas.

Il sourit.

— On ne peut pas avoir tous les défauts.

J'admets, dans un hochement de tête :

— C'est vrai que tu en as pas mal.

Puis je demande encore :

— Maman avait quel caractère ?

Il hésite, cherche un peu ses mots puis déclare, solennel :

— C'était quelqu'un de joyeux.

— Ah bon ? Elle n'a pas l'air sur la photo. Elle a l'air assez sauvage.

— Non, rétorque-t-il avec un sourire, c'est simplement qu'elle n'aimait pas être prise en photo. Elle était, certes, un peu sauvage et appréciait la solitude au milieu de ses arbres, mais elle aimait aussi beaucoup rire. Elle était enthousiaste et si énergique que j'avais parfois du mal à la suivre. Un petit bout de femme d'une force prodigieuse, capable de passer des fous rires aux fulgurantes colères en un claquement de doigts. Elle était follement passionnée, terriblement vivante et entière. Elle avait de très grandes tristesses, aussi, comme toi, quand elle était témoin d'une injustice. C'était une femme courageuse, beaucoup plus que moi.

Il passe la main dans ses cheveux mouillés, qui se hérissent.

— Vivre avec elle, c'était intense et merveilleux. Je devais être beaucoup moins dur quand elle était là.

Et je me prends à penser que moi aussi, j'aurais sans doute été différente si elle avait été là.

Il secoue la tête, retient un instant son souffle avant d'ajouter :

— Fichus arbres ! J'ai tout perdu en quelques minutes.

Un frisson d'agacement me soulève. Je réplique :

— Tu ne nous as pas perdus, nous !

Une profonde détresse inonde alors ses yeux.

— Bien sûr… Mais je ne savais rien faire ! Ni cuisiner, ni vous nourrir, ni vous laver, ni vous habiller. J'avais toujours regardé votre mère le faire sans vraiment y prendre part. Je n'avais jamais fait les courses de ma vie. J'ai dû tout apprendre. M'occuper de vous malgré la douleur. J'ai pris deux mois de congés pour devenir père pour de bon. Vous me demandiez tellement d'attention ! Ton frère pleurait énormément et toi, tu te sauvais partout dans la maison à quatre pattes. J'ai passé des heures à te chercher, on aurait dit que tu jouais à cache-cache ! J'avais beau t'appeler, tu ne répondais que lorsque tu avais faim. Déjà une fugueuse ! Tu me rendais fou de frayeur, mais tu me vidais l'esprit. Heureusement que je vous avais. Sans vous…

— Tu nous changeais les couches ?

Il me regarde, surpris :

— C'est important de rentrer dans les détails ?

— Oui. Ça prouverait que tu étais un vrai papa.

— Alors oui, j'étais un vrai papa.

Il rit, me tire doucement l'oreille, et mon cœur se serre autant de joie que de tristesse.

— Ton frère et toi m'avez sauvé, je m'en rends compte aujourd'hui. Tu ne me lâchais jamais des yeux. Avec ton petit minois très sérieux, tu voulais déjà tout savoir. Les choses n'ont pas beaucoup changé depuis, tu vois.

— Et Nours ? Quand est-ce qu'il a commencé à s'occuper de nous ?

— Eh bien, au bout de quelques semaines, il a bien fallu que je recommence à travailler. Et j'ai eu besoin de quelqu'un à la maison pour vous prendre en charge pendant mes absences. On m'a d'abord présenté quelques nourrices, mais elles m'ont paru trop sèches, trop tristes ou trop maladroites pour que je vous laisse à leurs soins. C'est alors que j'ai rencontré Pierre. Il venait de vendre son petit commerce de fruits, de légumes et de fleurs. Quand un hypermarché s'est installé à deux kilomètres, les clients ont déserté son magasin, il a mis la clé sous la porte et a cherché un autre emploi. S'il n'éprouve aucun regret d'avoir changé de métier, c'est bien grâce à vous !

— Tu as bien fait de l'engager, dis-je en plantant mes yeux dans les siens. Nours est parfait !

— Il l'est, oui.

Je presse ma tête contre son torse. Il ajoute :

— Mais tu ne pourras jamais imaginer combien ce choix nous a coûté.

— Pourquoi ? Vous ne vous entendiez pas bien ?

— Oh si, parfaitement bien. Mais… dans une petite ville, deux hommes qui vivent sous le même toit…

— Quoi ? On vous a pris pour… ?

— Bien sûr. Je m'en fichais, tu penses bien, mais les regards étaient durs, j'ai entendu des paroles odieuses, d'une bêtise crasse ! J'ai été insulté, j'ai même reçu des lettres ignobles.

— Mais c'était n'importe quoi !

— Et quand bien même ça aurait été vrai ? dit-il. Aurions-nous mérité cette haine ? J'ai réalisé ce que signifie être différent, et j'ai été haï pour ça ! Et Pierre aussi. Ça a été très violent pour lui.

— Pourtant, il est resté.

— Oui, pour vous. Parce qu'il vous aime plus que tout. Vous êtes ses enfants, presque autant que les miens.

Je le regarde bien en face et lui demande :

— Alors, pourquoi tu lui as dit de partir ?

Il soupire :

— Crois-moi, je l'ai aussitôt regretté.

— Mais il fallait garder le cap, hein ?

Il inspire.

— Tu me trouves raide, n'est-ce pas ?

— Oh, pas plus qu'un manche à balai. Tu penses qu'il reviendra ?

— Ne t'inquiète pas trop, Albertine, rien n'est rompu entre Pierre et nous. Mais il a sa fierté, il voulait me mettre face à mon intransigeance.

— C'est un synonyme de *bêtise* ?

Il roule des yeux avec un petit soupir, mais je vois bien qu'il n'est pas fâché. Je poursuis :

— J'étais tellement furieuse contre toi ! C'était cruel de couper les cordes de cette balançoire. Le jour de mon anniversaire !

— Je l'admets. Je n'aurais jamais dû faire ça.

Je réfléchis un moment.

— Pourquoi Nours a-t-il accepté de l'accrocher ? Il savait bien que ça te rendrait fou.

Il me lance un regard en coin.

— C'est bien pour ça qu'il l'a fait, le bougre ! Nous en avons discuté. Nours ne s'est jamais permis de me donner de conseils vous concernant, mais il attendait depuis longtemps que je vous raconte ce qui s'est passé pour votre maman. Alors je crois qu'il a un peu provoqué les choses...

— Je lui ai demandé au moins mille fois de me raconter ce qu'il savait, il a toujours refusé.

— Il estimait que c'était à moi de le faire. Quand tu lui as demandé la balançoire, il a tout de suite su qu'il m'offrait là une chance de te parler, quitte à me faire sortir de mes gonds. Il savait qu'il se passerait quelque chose de décisif. Il le fallait, sans doute. Il a pris le risque.

— Tu crois qu'il savait que je fuguerais ?

— Il te connaît parfaitement. Il a confiance en toi, il sait combien tu es forte et déterminée. Le lendemain de ta fuite, encore furieux, je lui ai dit que ce serait de sa faute si tu tombais. Il m'a répondu avec le plus grand calme : « Albertine ne tombera pas. Elle attend simplement que tu ailles la voir. »

— Sylvain m'a beaucoup aidée, ces derniers jours, dis-je.

— Je sais, oui.

— Tu sais ? Tu veux dire que tu l'as laissé aller tout seul dans la forêt ?

— Il fallait bien quelqu'un pour te nourrir et te procurer de quoi te changer, non ?

Il fronce les sourcils, m'observe un moment, hésite, puis demande à voix basse :

— D'ailleurs, comment as-tu fait… pour… ?

— Mais c'est pas possible ! C'est une obsession, chez vous ! Tu as déjà fait pipi dans la nature, papa, quand même ?

Il rougit.

— Euh… non, jamais. Mon père était un monsieur raide et bien plus intransigeant que moi. La nature, c'était pour les animaux.

— Un homme de principes, hein ?

Il me lance un regard en biais.

— Oui. Comparé à lui, j'ai la souplesse du bambou.

— Bon, à ton avis ? Si tu avais envie de faire pipi, là, maintenant, tu ferais comment ?

Son visage se fige.

— Eh bien, je me retiendrais.

— Pourquoi ? Ton papa n'est plus là pour te faire la morale ! Et puis c'est drôle de faire ça du haut d'un arbre.

Il lève les yeux au ciel.

— Albertine… J'ai quarante ans passés…

Il reste silencieux. J'attends. Mon père n'est pas du genre à aimer être convaincu. Il faut qu'il prenne des décisions tout seul, ou qu'il soit persuadé qu'il a fait un choix.

— Comment tu fais pour ne pas tomber ? demande-t-il sans me regarder. Tu te tiens au tronc ?

— Oui.

Il secoue la tête.

— C'est grotesque…

Il regarde autour de lui, semble changer plusieurs fois d'avis, puis finit par murmurer :

— Bon, ça reste entre nous ? Promis ?

— Juré ! Vas-y, je ne regarde pas. Il y a une branche parfaite pour ça, juste de l'autre côté du tronc.

Il se lève et contourne l'arbre. Quelques secondes plus tard, j'entends un petit bruit au sol. J'applaudis et crie en rythme :

— Bravooooo ! Papa a fait pipi, papa a fait…

Il s'écrie aussitôt :

— Ha ! mais… que tu es cruche ! Tu m'as fait sursauter !

Je pouffe :

— Ne me dis pas que tu t'es fait dessus ?

— Albertine !

Il revient s'asseoir à côté de moi.

— Alors ?

Il me regarde de côté, avec sur le visage un air espiègle que je ne lui avais jamais connu.

Il fait doux. Ça sent la terre mouillée, la mousse et le parfum de mon père.

— C'était quand même idiot de faire couper les arbres autour du cimetière, dis-je. Ils nous protégeaient du soleil. Et puis, tu t'es fait plein d'ennemis dans le village.

Il pince les lèvres.

— Les ennemis dont tu parles, je les avais déjà. De sombres idiots.

— Pas madame Gourbi, quand même ?

Il secoue la tête, regard amusé.

— Non, pas cette vieille caractérielle. Elle m'en veut pour les arbres du chemin, mais elle ne vous a jamais regardés comme les enfants du *dégénéré*.

— Je trouve ça assez normal, qu'elle t'en veuille, pour les arbres!

— Albertine, comprends-moi. Ces arbres-tueurs partout autour, pour moi, c'était...

À ces mots, une rage sourde monte soudain en moi:

— Ces « arbres-tueurs » ? Franchement, papa... Est-ce que je dois te rappeler que celui dans lequel on se trouve a lutté pour ne pas s'écrouler? Il m'a sauvée! Tout à l'heure, j'ai vu des arbres abattus par l'orage se tenir l'un à l'autre comme des amis. Les deux que tu vois là-bas sont tombés ensemble. À chaque fois que je traverse un arbre, j'ai l'impression de faire connaissance avec quelqu'un. Ils ont chacun une forme unique, une odeur bien à eux. Moi, tu vois, ce que je déteste, c'est notre grand jardin tout vide. Il ne sert à rien!

Ses yeux plongent dans les miens, avec une telle intensité que j'en rougis un peu.

— Ta maman en parlait comme toi, avec la même fougue.

Il me sourit tendrement et ajoute:

— Il y avait des arbres dans notre jardin, avant. Des hêtres, des chênes, des châtaigniers, un cerisier et même un immense tilleul.

— Tu les as tous fait couper?

— Oui, tous. La semaine après l'accident.

Je fais une moue contrariée:

— Maman a dû t'en vouloir de là-haut…

— J'ai rêvé des centaines de fois qu'elle me le reprochait.

Nous regardons le ciel devenir orange derrière la végétation. Le soleil se couche. Des oiseaux lancent quelques appels timides. Ils préviennent qu'ils sont vivants. Le sol ne bouge plus. Nous sommes assis côte à côte. Je pose ma main sur la sienne.

— J'aimerais que tu sois plus souvent à la maison. Et aussi… que tu te rases. Tu ressembles à un ogre mal nourri.

Il rit et dit d'un ton malicieux :

— Bon, il faut descendre, sinon, on va nous passer un savon.

— Qui ça ? Sylvain ?

Son regard croise le mien.

— Non, Nours. Il nous a mijoté une surprise.

Mon cœur bondit.

— Mais… alors, il est… ?

Je lui saute au cou.

— Eh ! attention, tu vas nous faire tomber !

— Alors… il est là ? Depuis quand ?

— Il est revenu hier.

— Tu lui as téléphoné ?

— Inutile. Les vieux amis savent quand il est l'heure de pardonner.

— On y va ?

— Je te suis.

Il se laisse glisser jusqu'en bas, puis il s'écarte du tronc, récupère mon sac boueux, retire le plus gros des feuilles et attend.

Je descends à mon tour. Je m'enfonce jusqu'au dessus des chevilles dans les feuilles humides. Au premier pas, je suis prise d'un grand vertige, je tangue. Mon père comprend immédiatement ce qui m'arrive et me donne le bras.

— Tu as le mal de terre, ça fait si longtemps que tu vis dans les arbres !

On marche lentement, pas à pas. Brusquement il s'arrête. Je suis son regard vers le sol et j'éclate de rire : sa chaussette pendouille au bout de son pied comme une méduse morte.

— Où est passée ta chaussure ?

Il soupire et plonge la main plusieurs fois dans la boue avant de la sortir.

Je mets la main devant ma bouche pour retenir mon rire. Comment a-t-il pu retrouver sa chaussure dans cet amas brun et dégoulinant ? Il la remet en grimaçant de dégoût.

Au bas du talus qui mène au chemin, je le laisse monter le premier. J'observe autour de moi, trouve ce que je cherchais et dis :

— J'arrive !

Après quelques minutes, je le rejoins, souriante.

— Qu'est-ce que c'est que ça ? me demande-t-il en fixant l'arbrisseau que je tiens à la main.

— Un pied de jeune hêtre.

— Mais… que veux-tu en faire ?

— Le planter devant chez nous !

Il fronce les sourcils.

— S'il te plaît, papa…

Il prend une longue inspiration.

— J'imagine que ton frère en voudra un autre pour lui ?

— Heu… mais… je peux ?

Il hausse les épaules. Je saute dans le fossé et remonte quelques minutes plus tard avec entre les mains un minuscule chêne.

— Albertine, je doute qu'ils reprennent, me dit-il en observant les racines, ou ce qu'il en reste. Tu les as arrachés comme une… barbare.

— Ne t'inquiète pas, ils tenaient à peine dans le sol détrempé. Les racines sont bien mouillées. Ils reprendront parfaitement !

De nouveau ce regard tendre. Sans doute le même que celui qu'il portait sur ma mère. Il me prend le chêne des mains et je lui demande :

— On est loin de la maison ?

— À une vingtaine de minutes à pied, environ.

— Seulement vingt minutes ? Je pensais plus.

Il m'explique en tendant un doigt vers le lointain :

— Il y a deux jours, tu étais à plus d'une demi-heure, mais tu as fait une large boucle.

— Comment ça ? Tu veux dire que je revenais vers la maison ?

— C'est à peu près ça, oui.

Il met son bras sur mes épaules.

— Peut-être que je te manquais un peu, tout de même ?

Je l'admets, du bout des lèvres. Il ne faudrait pas qu'il se sente trop à l'aise.

— Je t'aime, murmure-t-il.

Je sursaute malgré moi, comme si ces trois petits mots venaient de tomber du ciel.

— Mais… tu ne me l'as jamais dit.

Il me fixe un moment, stupéfait.

— Vraiment ?

— Jamais. Et puis d'ailleurs, tant qu'on y est… J'aimerais bien que tu arrêtes de nous embrasser en secret.

— C'est juste que… j'ai peur de vous réveiller.

— Menteur !

Il se recule un peu, une main sur la poitrine, sourcils froncés :

— C'est un règlement de comptes ?

— Non, mais au point où on en est, il faut tout dire, non ?

Il sourit.

— « Tout dire »… Comme c'est curieux d'entendre ça dans ta bouche ! Il faut que je te raconte : quand on se disputait, ta maman et moi, ce qui arrivait très rarement, je m'éloignais généralement en attendant que la colère s'apaise. Ensuite, je trouvais le plus souvent inutile de revenir sur notre querelle. Mais pas elle ! Elle finissait toujours par me dire, avec cette douce fermeté qui la caractérisait : « Charles, on ne laisse rien pourrir. Il faut tout dire ! »

J'ajoute avec un sourire :

— Je me demande bien ce qui l'a attirée, chez toi…

Yeux plissés, bouche en cul-de-poule, il rétorque :

— Nous en reparlerons quand tu auras un amoureux, ma fille.

— Un amoureux… Moi ? Jamais !

Un sourire énigmatique monte sur son visage.

— Pourquoi tu me regardes comme ça ?

— Parce qu'il se trouve que nous avons un rôdeur près de la maison. J'ai comme l'impression qu'il guette ton retour.

— Un *rôdeur* ?

— Oui, toujours le même. Facile à reconnaître... à moins qu'il y ait une épidémie de bras dans le plâtre dans le quartier ?

Le feu me monte aux joues, alors que mon père me regarde fixement, sourire en coin.

— Tu connais donc ce jeune homme ?

— Oui, oui, je le connais, dis-je sèchement.

La forêt s'ouvre, nous arrivons sur la route qui mène au village. Nos chaussures font un bruit mouillé. Nous devons avoir l'air de deux vagabonds des bois. Le sol goudronné me paraît terriblement dur, artificiel. Et aussitôt, les arbres me manquent.

— Sylvain ne va pas en revenir, de te voir avec moi, déclare mon père. Il va être tellement heureux !

— Tu crois ?

Il hoche la tête.

— Il reste enfermé tout le temps, depuis que tu es partie. Il ne sort que pour manger, puis retourne au plus vite dans sa chambre. Il m'a emprunté mon ancien ordinateur portable. Je ne sais pas ce qu'il trafique, mais il ne pense plus qu'à ça. Une véritable obsession ! Pourtant, dans ce vieil ordinateur, il n'y a ni Internet ni jeux...

— Je le sais, moi, ce qu'il fait. Il écrit.

Mon père me dévisage.

— Il écrit ? Et... qu'écrit-il ?

— Notre histoire.

Il me regarde encore, puis détourne la tête.

— J'imagine bien qu'il y a de quoi écrire un roman, mais je ne suis pas sûr de vouloir le lire.

Je lui prends la main. Nous marchons au milieu de la route. Les lampadaires s'allument, au moment où la nuit éteint les dernières lignes bleues du ciel.

Au bout de la rue, une fenêtre s'ouvre. C'est celle de notre cuisine. Nours passe la tête et dit d'une voix faussement furieuse :

— Ah, tout de même ! Dépêchez-vous, la ratatouille va être froide !

Un bonheur immense me remplit. Je force mon père à suspendre un instant sa marche et lui demande :

— Ce soir... tu viendras nous faire un bisou avant qu'on éteigne ?

— Promis, me répond-il avec douceur.

Nous entrons dans la cour alors que Nours arrive pour nous ouvrir, tout sourires. Il ouvre grand les bras et je remarque aussitôt que ses moustaches ont commencé à repousser. Je lui fonce dessus. Il me serre contre lui et respire mes cheveux.

Me voilà chez moi.

Au bout de quelques secondes, papa dit avec le plus grand sérieux :

— Fais attention, Nours, tu vas finir par l'étouffer.

Après le repas, je me suis précipitée sur l'objet le plus merveilleux inventé par l'humanité, à égalité avec le pantalon : le lit ! Après une sieste de près de dix heures, Nours m'a servi un repas gargantuesque avant de me forcer à m'extirper de sous mes draps.

— Allez, zou, dehors, ma belle ! « Pas une journée sans prendre l'air », tu te souviens ? Hop, hop, hop !

— Mais Nours ! je viens de prendre l'air pour plus de vingt ans !

— Argument non recevable. Ces quelques jours dans les hauteurs t'ont donné un teint magnifique, mais maintenant il faut le cultiver !

* * *

Mon hêtre est planté en dix minutes. Sylvain, lui, arpente tout le jardin avec son bébé chêne sous le bras. Je lui lance de loin :

— Bon, tu te dépêches un peu ? On dirait un chien qui ne trouve pas sa place pour poser sa…

— Tine ! me coupe Nours avec un regard désapprobateur.

— Ben, quoi ?

— Je croyais que ton... aventure vous avait rapprochés.

Je hoche la tête et dis tout bas :

— Si j'étais trop gentille avec lui, il serait déstabilisé, le pauvre !

— Vous pourriez peut-être trouver un juste milieu ?

— Entre frère et sœur, il n'y a PAS de juste milieu.

J'ajoute avec un grand mouvement de balancier, pour être plus claire :

— Guerre et Paix.

Il secoue la tête, ses courtes moustaches vibrant d'un rire contenu.

* * *

Le lendemain, lundi, Nours et papa nous accompagnent en classe.

Assise à l'arrière de la voiture à côté de Sylvain, je suis tendue. Je n'ai pu avaler qu'une demi-tartine. J'espère qu'on ne me regardera pas comme une extraterrestre ! J'ai pris trois douches, mais ma peau sent encore la mousse et l'écorce. Ce n'est pas que l'odeur me déplaise, mais je voudrais être transparente, ne pas attirer l'attention.

J'ai l'impression de faire une deuxième rentrée, sauf que, cette fois, je suis la seule nouvelle.

— Relax ! me lance mon frère. Y a pas de buse au collège…

La voiture ralentit à l'approche de l'école primaire. Sylvain se penche vers moi et me chuchote précipitamment :

— Il t'a fait un bisou, à toi, hier soir ?

— Oui, lumière allumée.

Mon frère hoche la tête.

— Moi aussi !

Il vérifie que mon père ne nous entend pas et ajoute :

— J'étais gêné…

J'avoue :

— Moi aussi, un peu, mais c'était super, non ?

Il fait à nouveau oui de la tête, même si la perplexité se lit sur son visage.

Nours se gare sur le bas-côté et met la main sur la poignée de porte.

— Laisse, je m'en occupe, dit mon père.

Il sort, ouvre à Sylvain et l'accompagne jusqu'à la grille. Mon père marche avec élégance. Rasé et coiffé, il est beau. Les copains de Sylvain se précipitent sur lui. Je me laisse couler sur la banquette arrière, les yeux au ras de la vitre, et j'entends :

— Alors ? Alors ? Elle est rentrée ?

— La nouvelle semble avoir circulé, commente Nours, dont les yeux rieurs brillent dans le rétroviseur.

Ma gorge se noue.

— Qu'est-ce que je peux faire, Nours ?

Il lisse le devant de sa moustache.

— Eh bien, il n'y a pas cinquante solutions, ma belle. Tu dois faire face.

Mon père, après avoir fait un petit signe à Sylvain, revient vers la voiture, s'assied et se tourne vers moi.

— Aurais-tu le trac ?

Je lui fais un pauvre sourire. Mon père est donc capable d'imaginer ce que je peux ressentir !

— Je pense qu'il est inutile que je te demande si tu veux que je t'accompagne jusqu'à la grille du collège ?

Je réfléchis un moment et réponds d'une petite voix :

— Je crois que j'aimerais bien, oui, si ça ne te dérange pas…

Il se redresse un peu sur son siège, visiblement ému :

— J'en serai très heureux.

Deux minutes plus tard, il sort, ouvre la portière et la referme derrière moi. On se dirige vers la grille, dans le flot des élèves qui murmurent dans mon dos. Mes oreilles bourdonnent, mes jambes tremblent. Seule la voix de mon père me parvient quand il me demande :

— Tu remettras quand même des robes, de temps en temps ?

— Bien sûr, j'aime beaucoup les robes. Mais pas quand il pleut ou qu'il fait vraiment froid.

— Très bien. Je comprends.

Lorsque Camille me voit, elle ouvre des yeux immenses et fonce aussitôt vers moi. Elle me saute dans les bras en criant :

— Yes ! Tu m'as manqué !

Mais la foudre s'abat de nouveau sur nous. Je n'entends plus Camille, mon père disparaît, tout est pris dans un brouillard de sons. Parce que là, près du portail, je ne vois plus qu'elle : la lettre de mon père ! Celle qu'il avait glissée entre les gâteaux aux poires et les vêtements de rechange. Et cette lettre est… tenue par une main ! Celle de Mika. Adossé contre le pilier, il jette des coups d'œil discrets vers moi. Toujours ce regard amusé, mais sans méchanceté cette fois. Il a le bras gauche dans le plâtre.

Mon père se penche vers moi et me chuchote :

— Ça devrait aller, maintenant, qu'en dis-tu ? Je te laisse ?

— Oui, merci papa.

Je me dresse sur la pointe des pieds et l'embrasse sur la joue, puis je le suis du regard alors qu'il s'engouffre dans la voiture. Nours me fait un petit signe, et les larmes me montent aux yeux. Papa sera parti travailler quand je rentrerai à la maison.

Camille me prend par le bras et je tourne à nouveau la tête du côté du collège. Alors que je le cherche du regard, je vois Mika qui s'approche à pas lents. Camille reste à mes côtés, en bonne garde du corps, le visage dur et les poings fermés.

— Tiens, me dit-il en me tendant la lettre. Je ne l'ai pas lue. Je te l'avais promis.

J'attrape le carré de papier et le mets dans ma poche.

— Menteur…

Il rougit aussitôt.

— T'inquiète, c'est pas grave, dis-je. J'aurais sûrement fait pareil à ta place.

— Je pensais bien que c'était à cause de ton père. Quelle histoire… ! Mais j'ai l'impression que ça va mieux ?

— Beaucoup mieux, oui.

— T'as quand même eu vachement de cran. Moi, j'aurais pas tenu plus d'une heure dans ces arbres.

— J'ai vu ça… Et pourtant, t'es un garçon…

Il hausse les épaules et sourit.

— Et toi ? Ton bras ?

— Cassé. J'en ai pour six semaines de plâtre.

— T'as raconté la vérité à tes copains débiles ?

— Ouais.

— Rementeur.

— Non, rétorque-t-il. Cette fois, c'est vrai.

Il fuit mon regard en ajoutant :

— C'est plutôt la classe de se casser le bras en tombant d'un arbre pendant un combat.

— Un *combat* ?

Je laisse ses joues devenir aussi rouges qu'elles le peuvent et lui dis :

— T'inquiète, j'irai pas dire que c'était pour t'enfuir… Mais toi, tu dis rien sur mon père et tu fiches la paix à mon frère. Yes ?

Il acquiesce et, après un petit signe, s'éloigne vers ses copains qui l'attendent en me fixant avec des yeux d'iguane.

Camille me tire par le bras.

— Bon, on y va ?

La sonnerie retentit. En montant l'escalier, dans les couloirs, je réponds à la rafale de questions que me posent les copines. Juste avant de passer la porte de la salle de SVT, madame Chamblas me retient :

— Eh bien, Albertine… Pour une fille qui ne voulait pas faire d'exposé sur les arbres, j'ai entendu dire que tu les avais côtoyés de très près ! Tu t'orientes vers une carrière de botaniste ?

D'abord surprise par sa question, je lui réponds, rêveuse :

— Botaniste… Et pourquoi pas ?

— Tu es restée tout le temps toute seule, là-haut ?

Les élèves s'installent et sortent leurs affaires. Je pense à mon frère, monté pour me soigner, à la berceuse de maman, à sa photo, à mon père me rejoignant en pleine tempête, et je réponds tout bas:

— Non, j'étais avec ma famille.

À découvrir aussi, du même auteur :